好心人

胡燕青短篇小說集

目錄

人生的體溫

葛亮

燕青老師囑我為新書《好心人》作序。榮幸之餘，亦覺惶恐。此小說集是經年心血之作，份量不言而喻。數頁展過，心頭輕盈，不覺已沉浸於中。所謂「主義」、「結構」與「規範」，一時間拋諸腦後。此時，它們忽然顯得機械與生冷，因為面對如此平易淡和的文字：

第二天中午，張先生就開始約會她了，在一幢很舊很舊的唐樓裏，如玉也趁機向他解釋了她推薦的保單裏所有的細節。他們各自做成了一樁生意，為了獎勵自己，兩人一起到了一家破爛的茶餐廳吃了個法蘭西多士下午茶。如玉就是這樣結了婚的。

波瀾不驚的段落，卻讓我們讀到了一種鋒利。這鋒利，以平和與樸雅作底，便更為觸目驚心。這是開篇〈唐樓〉，一個平凡人對平凡生活的一點反抗。寫的是凡人的卑微，也是勇敢，是一份不得已的「假作真時真亦假」。「如玉」是個女人，卻彷彿也是沒有性別的人，在這城市中，有千千萬萬個。他們的特質，只是普通。他們帶着一點尊嚴，艱難而平靜地生活。而這尊嚴也常常被忽略。唐樓是破敗的，比起新興的洋樓，卻有着相對闊大的心胸。〈唐樓〉便是要給這微細的「尊嚴」正名。這些人是德賽都所稱頌的「行走於街巷的英雄」。行走以生命為軌跡，也為代價。生命常帶給他們的痛感，或許也是一點點，卻真切得切膚。

　　她把他推向廁所，關上了門，自己站在門外，突然悲從中來，熱淚盈眶。她第一次注意到他的趾甲原來早就硬化，他已經是個老人了。廁所裏傳來得、得、得的響聲，很艱難，很遲鈍。如玉回到床邊，用力揮動他的枕頭，把他剛才剪出來的的硬甲掃到地上。然後退到床的另一邊，躬起身子向着裏面睡。

張先生回來，從後面一把將她抱住。他新剪的腳甲不慎把她的小腿刮痛了。接下來的一小時，她不斷把那一點小小的痛感努力誇張、放大，好讓他們的房事得以平靜、自然、無痛地完成。

一筆交易。這便是婚姻的真相，因為不甘心，也因為不由衷和一點小憧憬，最後成為了一男與一女的合謀。婚姻是鄭重的，這時候成為了反抗的利器，卻也戳痛了自己。一個女人的小生活，也被這痛感，放大為了一群人的大悲壯。唐樓是如此清楚的剪影，如同世紀末的城堡，站立在這城市的邊緣。在這城市浮華的臉上，或許，它只是一條暗紋，卻難以剝落。它的存在，便是一種提醒，提醒着人的自尊與自省。關於普通人的浮生六記，〈李先生的退休生活〉卻讓我們看到了另一種世俗的悲劇。退休公務員李先生，用盡餘生致力於不被遺忘，在生活的遊走與計算中建立着虛假繁榮。小說中有一個饒有意味的細節，當李先生用他「歲月捏塑出來的」的百變身分打電話去電台打發寂寞：

耳朵靈敏的主持人忍不住問他是不是昨天打過電話來「反對教科書用四色印刷」的同一位李先生，他遲疑了一會，答道：「你別管，總之我姓李。」另一個主持人連忙搭訕：「李是大姓，哪一條街上沒有幾十位李先生呢？總之就是李先生啦。」

於是我們知道，「李先生」決然不只是李先生。在這欣欣向榮的城市裏，總有許多由中央走向邊緣的身影。當有一天，邊緣的輪廓清晰地出現在眼前，他們倏然緊張與懼怕。害怕落幕，害怕「只是近黃昏」的憐憫與自憐。他們比以往更想要，想要的，是「曬相、配鎖匙、通水喉、修理家居用品」之外，一些「對社會大有貢獻的事」。然而，在努力中，他們發現社會肌體的新陳代謝，是如此迅速地重新塵埃落定，已不再有他們的位置。他們大多選擇了放棄，以中庸言己，藉犬儒明志。「行到水窮處，坐看雲起時。」中國人習慣於用境界來定義姿態。「李先生」，卻是其中的一個異數。他由世故走向了天真。帶着一種唐吉訶德式的理想，獨自直面社會劇動的風車。然而，他並非要去抗爭，只是想投身於這風車，重新進

入它的旋轉的軌道。小說的基調是幽默的，作家的筆觸透射出大而化之的霍朗。正因如此，我們幾乎忘卻了在這喜劇的表皮之下，有一個暗淡的令人心寒的底裏。我們會為「李先生」的行為嘴角露出了嘲意，同時忘卻了自身的「小」。更準確地說，我們嘲笑了李先生的同時，也譏笑了我們未來的理想。它或許是如此的微薄與稍縱即逝，但它的確存在。李先生保留與放大了它，也因此不會有「錯過」的悔意。由是觀，李先生又是幸福的。更幸運的，是「李先生」身邊有一位「桑丘」，成為他與世俗之間可貴的連接點。那是他的太太。這女人身形模糊，幾乎如同背景。寡言，出語卻擲地有聲。她的清醒，令李先生的自律與理想如同兒戲；她的平靜，令李先生的憤怒與衝動單薄與蒼白。她去老人院看李先生的阿媽，順其自然百無禁忌地享受各種美食。她的行為，似乎合情合理也更為賞心悅目。正因為她的存在，我們對小說內裏的荒涼與荒誕一覽無餘。這個無名的女人，名字叫做「現實」，在整飭的結構中肢解着一個理想主義者的黃昏。一時間，故事便隱約有了《尤利西斯》式的滲透與追問。對於所謂身分，我們不在意，是因為我們擁有。

我們鎮定自若，是因為「岌岌可危」還很遙遠。但其實這種篤定，恰是我們的麻木與愚騃。博爾赫斯不算很悲觀：我是誰，我們的每一個是誰，我們是誰？也許我們有一天會了悟，也許永遠不會。

書題小說〈好心人〉在這個主題上走得更為深遠，堪稱一則尋找「自我」的生活傳奇。按理說，蘇仰止先生的人生名正言順，包羅萬象，是「教授、學者、是精明老婆的聽話老公，是媽媽的孝順兒子和一流爸爸」。然而，這種「簡單而重複的波斯頓蕨」一般的人生，在一次意外後發生了逆轉。他以一種曲折的方式，另闢蹊徑般地實現了生活的「越軌」，便是一次次設計引誘清潔女工行竊，在後者屢屢得手之後享受異樣的滿足感。

　　故事到此已經失去了懸疑，不能成為一篇好的偵探小說了。但蘇教授走往地鐵站的時候，還是偷偷笑着，彷彿他故意讓和姐不斷得手，還讓她自以為神不知鬼不覺；而自己也瞞過了精明仔細的老婆，是一項難得的成就，比他的拿到大筆研究經費更叫人高興。

蘇教授的快感，讓我們看到了人性的灰色地帶。如同教授本人，我們無法判斷這場微小的人生遊戲的道德實質。作家將之界定為「和一個不大熟悉的人發生一種詭異不凡的單邊關係」。在這貌似簡單的關係中，我們看到了施與取、憐憫與感恩、獵手與獵物、欺瞞與坦白等元素的成對出現，漸漸積澱成了生命的無可承受的交響。教授的本意，是與格式化的生活進行一番角力，行竊的「和姐」只是他的同謀。然而越陷越深之間，他幾乎忘卻了這遊戲本然隨性的質地，而上升為某種事業的高度。這事業有着騙局的屬性，卻讓蘇教授感受到人生「一點點真趣」，因為這終於是他可以自己掌控的東西。小説以和姐的竊行敗露作結，卻也意外達成了蘇教授與日常生活的「和解」。他的回歸，對他而言是個小小的悲劇。結尾那個「鞠躬」的動作，意味深長，是對人性的最終屈服或是永恆的拜謁，或者只是對這場遊戲的謝幕。

這便是作家對於生活的態度，認真地審視，卻不僭越。在這文字裏，我們看到一種可感佩的節制。然而節制之下，人生本來的面目卻浮上水面，清晰地構成小説集的主旋律。〈啞鈴之歌〉中的離島男女，質地淳厚卻

隱忍多年地相濡以沫；〈奉獻〉中可敬的牧師，在病痛中覺察自己內心的脆弱；〈飯局〉中的社會精英，被一次閒談中的測試一一拉下神壇；〈失焦〉中阿朗的坦誠，成為世俗與現實最無奈的犧牲品。對於愛情，作家則有一種近於低語的聲音，如同〈毛衣〉，內裏是有溫度的包容。當然也有心痛，痛定思痛後，仍是哀而不傷，怨而不怒。曾經滄海，共剪西窗之燭，也是另一重性情的剪影了。

《好心人》是一本可以觸摸的書，因為字裏行間，留有作家心的溫熱。這溫熱不是歷史沸騰的血流淌過的餘韻，亦非大快大慟後的電光石火。它有着日常的節奏，與你我的脈搏同聲共氣，你漸漸感受到了它的所在，原來就是我們真實的體溫。

己丑年冬於香港

唐樓

保險公司辦公室靜悄悄的。八點半，還沒多少人回來。蓮姐的抹布輕飄飄地掠過眾人的桌子，半圈濕痕在空調裏迅速蒸發。聽說女子的歲月也一樣，在辦公室裏揮發得最快。

　　如玉走進來的時候，蓮姐剛好站在她的桌子前面，拿起那束用手工紙摺成的七彩百合，仔細端詳。「真好看。」蓮姐的聲音是尖窄的，清而不朗，像一柄薄刀那樣鋒利。如玉還沒閃過第一刀，它又划過來了：「我說，紙花有甚麼不好？那邊林小姐常常養着大瓶大瓶的真花，一天到晚得添水。不小心打翻了，弄得一地都是，誰來打理？還不是我？煩死了⋯⋯」

　　像一條細長的青蛇，蓮姐的自言自語被困在茶水間

餘下的昨夜裏，留下細細長長、無形而有毒的感覺。如玉調好椅子的高度，開了電腦，然後逐一審視桌上的東西。信插空着，信都攤開了，古老款式的改錯水瓶站在紙張與筆筒中間；電話盡量退到桌子的邊緣，卻仍壓在幾本工具書上。這時，電腦輕輕唱歌，表示已經進入狀態。她向後一靠，熟練地落入旋轉窩椅黑色的擁抱中，輕輕扭動。如果那一瓶百合花不是紙造的，如果椅子是一個男人的臂彎……她想像自己的手指一按下 Enter，就可以把表妹親手摺的花束「麻利轟」地變成鮮花，用水養兩天三天，然後換上另一束，由另一個男人送來……無可避免地，她又記起了晚上的約會。

幾乎是一種定期聚會了——由爸爸首肯、媽媽和她的親戚顧問團親手安排，弟弟大力推動的飯局。那是幾乎每月一次的相親。男主角？絕不是那些矮小猥瑣、光頭無業的徵婚男人，反都是頗有點魅力、介乎壯年和中年之間的成熟社會精英。如玉見過一個大談血淋淋傷者的護理員，一個把頭往右傾斜十五度的官校教師，還有兩個髮型一樣、說話速度一致的消防隊長，一個齷着本仍繼續追求教育理想的補習社老闆。幾個人都有濃密的

頭髮和熱情會笑的眼睛，而且都頗有禮貌。但是，晚宴一散，全都有事先走。如玉起初確實有點氣餒，但現在她告訴自己最好在心裏先行「放棄」，面照見、飯照吃，飯前照樣打扮，飯後照樣跟着爸爸媽媽乘地鐵回家，手上的發泡膠盒子晃晃蕩蕩的，盡是吃剩的菜。

下了車，她會故意走得慢一點，讓爸爸媽媽在前面吐吐酸氣。其實相親一點都不可怕，可怕的是父母吃飽以後常常說的話。「不識貨！」爸爸總是批評那些男的：「自以為是甚麼？」如玉靜靜走在後面，數算着列車的幕門。她清楚知道從哪一個門口上車可以找到位子，從哪一個下車可走最少的路到達上升的扶手電梯。爸爸媽媽嘀嘀咕咕地說話，里巷得聞。一個大學畢業十六載、從未有過男朋友的中年女兒，無論怎樣都是一個須要處理的問題，大兒子已經是兩個小女孩的父親，最小的兒子呢？也三十出頭了，他怎麼說都不想再和比自己大幾年的姐姐睡同一張雙層床了。……

這一次，如玉耽誤了一陣子，才慢慢爬上酒樓的紅毯樓梯。這樓梯很長，牆上鑲滿鏡子。如玉看着鏡子裏的自己，停下步來。往日相親，她總會先回家換衣服——

吊帶低胸粉綠碎花短裙子，米白色針織小外衣，五個一套的彩色輕金屬手鐲隨着她的勢語輕輕搖響，指甲上透明的粉紅色甲油閃亮亮地在她的碎劉海裏穿插，這都是她認為男人最喜歡的。男士們也不見得不欣賞，席上他們不停跟她談話，有談在大陸出差的趣事的，有談汽車的，也有談高官尋歡的，全部不顧口沫橫飛，直到散場。如玉每一次都深刻感覺到相親的樂趣。她當然知道，他們也很享受，但在那充滿歡愉的兩小時裏，她和他們都沒有甚麼打算，來吃飯，不過因為這種飯還吃得過，尤其當雙方父母都使勁找出男女主角的優點來讚美，怎不教人開心？

　　但今天如玉真的累了，她的長頭髮胡亂往後繞成了一個小髻，劉海用髮泥安頓好，露出了前額細細的皺紋，這幾天驕陽似火，港島九龍新界到處跑，雀斑都出來了，卻還未簽過新的保單。她感到耳墜子有點沉重，那種重，慢慢放射到肩頭上。她看着鏡子裏的自己，感覺到「對方」不大友善的目光。鏡子裏的女人問她：「一定要嫁人嗎？」如玉笑了。試試也沒甚麼嘛，反正每次吃飯都是對方付錢的。可她一笑，鏡子裏的人就變得猙獰，好

像笑是一次殺人的前奏。她嚇了一跳，停在樓梯上，呆了一會，再笑。天哪，還是一樣，這一次更可怕，她要殺的，包括自己：過紅的唇彩印不住擴張，變成了一灘血，連門牙都沾上了，眼睛的疲倦被眼線的黑色誇張拉長，把別人的眼睛都吸啜過來了，泡泡眼袋上面的黑氣實在難以隱藏。如玉拉高灰色套裝的衣領，慢慢取出一張紙手巾，把唇膏抹去，然後吸了一口氣往上走。高跟鞋霸道的聲音在骯髒的紅色地毯上消失了，心裏那個慣於為人打扮的「我」也好像隨之變老了。

姑姑坐在那裏，帶着十九歲剛剛考進大學的表妹。爸爸媽媽早來了，也帶來了一位四、五十歲的阿叔，大概是他們的朋友。為甚麼這樣的人也來湊熱鬧？如玉坐下，眼睛靜靜順時鐘繞了一圈。那個「他」呢？她向整張桌子周圍的每一個人微笑。如玉脾氣好，圓圓的臉使她看起來比誰都友善，因此她的待字閨中也成了一眾好心人的負擔，尤其是用她的錢來讀大學、到如今仍然睡在雙層牀的下方的弟弟，總不能不為她着緊。如玉用溫柔的笑容告訴他們：我也在努力呀，請大家給我一點時間好嗎？但她的嘴唇蒼白着，這個笑容有點像要來復仇

的死者懸掛在生死邊緣的最後暗示：不要逼我，我是會復仇的。

「來，來！起筷，起筷！這一次是我請客，慶祝你表妹考上了大學嘛——今天，我們可不是為了你才聚在一起吃飯的呀！」說最後一句話的時候，三姑姑用充滿笑意的眼睛深情地看着如玉，把特別高聲強調 n 聲母的「你」拉得很長，說的時候卻還能不慌不忙地抓起了表妹的手，把她從椅子抽起來，又把汽水杯（在姑姑的監管下，表妹到現在還只能在這種場合裏喝可樂）塞到她手裏，叫她敬在座各位一杯。大家高聲恭賀她，表妹的臉刷地紅了。如玉打從心裏「哼」了一聲，但那聲音來到喉頭馬上給她吞進肚子裏，成了一團躍躍上衝的胃氣，於是她打了個響嗝。這時，爸爸高八度的福建腔剛來得及把那一聲「咯」掩蓋住：「如玉呀，我來介紹——」他指着身邊的那位戴眼鏡阿叔說：「這位是張先生，他是你姑姑相熟的地產經——理。」爸爸巧妙地避開了「經紀」一詞。如玉看看那位阿叔，禮貌地笑了一下：「你好，張經理。」

「叫我李奧好了。」對方回以一個簡短的洋名，隨手

就從西裝褲袋裏拿出一張名片遞上。「楊太太剛買的單位，就是我們公司經手的。」如玉用讚許的「啊、啊」應和着，想起姑姑的新房子來。印象最深的是表妹的房間。獨女的待遇確是不同的：一米多寬的松木矮床，蘇格蘭深淺綠的長簾子掛在陽臺與睡床之間的落地玻璃窗前，多奢侈呀。聽媽媽説，只有這樣，表妹才沒有藉口搬進大學的宿舍。如玉也忘不了那些空蕩蕩的書架和上面的幾本高考教科書，許多讓表妹一直鼻敏感的毛娃娃在那裏並排坐着，大部頭的日本漫畫書裏尚有《小甜甜》和《多啦 A 夢》。

「我也真想有一間自己的房子，不必像姑姑的那樣大，小小的，有窗子就夠了。張先生的公司不會嫌單位太小不處理吧？」幾乎是自言自語，如玉竟然和阿叔説起話來。

「不會，不會。就是最小的生意我們也不會錯過——啊，叫我李奧好了。」

爸爸和媽媽聽見，趕忙交換了一個眼神。「如玉呀……」媽媽試探着説：「你打算搬到外頭去嗎？我們正在供房子啊……」

「媽，我不過説説而已——這是在做夢呀。大弟要養他自己的家，小弟工資那麼低，家裏的房子要供，我哪有錢再買一個單位？」如玉的心頭忽然充滿了委屈：「只要小弟不嫌我跨在他的頭上，我還是會在家裏睡覺的。」她這樣反應，使在座的人都嚇了一跳，包括她自己；幸而大弟小弟今天都沒來。在這本該非常尷尬的時候，張先生忽然説話了：

「我有一個辦法——不知道大家有沒有考慮過唐樓？」

大家用期待的眼睛看着他。他的專業風采忽然提升，連嗓子都變大了：

「唐樓不貴，偏遠、略舊的，幾十萬就有了，裝修一下自己住，很舒服的。多出來的房間可以放租——當然，看準了是好人才租，那就可以分擔供款。等到將來政府收購重建，還要大賺一筆呢。」

如玉聽了，忽然感動起來。這位李奧張先生，真有點意思。她這才細細地打量他。他的頭髮已經開始稀疏了，額頭和頭皮之間有一個曖昧的緩衝區，反射着酒樓天花的燈光，抵消了後退的髮線顯出來的老。他的嘴唇

略帶一點方，沒説到句子的尾巴就合起來，為聽的人留下咀嚼消化的空間，當保險經紀的經驗告訴她，這個人是個不錯的推銷員。更吸引如玉的卻是他的眼睛。那上面是三層眼皮，剛好給眼鏡上方的粗框遮了一半。這種躲躲閃閃的疲倦，真是再熟悉也沒有了。如玉説：「張先生，我們可以談談。」説着，就把自己的名片送上。「還有，我的手提電話號碼，也請寫下。」禮尚往來，張先生忙把自己的電話號碼也説出來。如玉低着頭把它存到手機裏，就在這專注失神的一息間，她不自覺地把他整個人都存進自己的未來去了。

第二天中午，張先生就開始約會她，在一幢很舊很舊的唐樓裏，如玉也趁機向他解釋了她推薦的保單裏所有的細節。他們各自做成了一椿生意，為了獎勵自己，兩人一起到了一家破爛的茶餐廳吃了個法蘭西多士下午茶。如玉就是這樣結了婚的。一切來得那麼快，她結婚的時候表妹不過二年級，已經搬到宿舍去，染了頭髮，一天到晚拉着一個只穿拖鞋的男朋友。因為男孩不願意她當如玉的伴娘，她就連家都沒回，姑姑氣極了，背後把張先生説得一文不值；如玉呢，她也是活該，錯在「恨

嫁」。姑姑倒忘了張先生是她介紹的。那天，她不過要宣揚宣揚自己的女兒是怎樣在她的調教下考上大學，而張先生不過是她為了應酬如玉的父母找來的一個臨時演員。當然，臨時演員也考慮到自己也許可以在一個不用付錢的飯局裏再找到一點生意。每個人都曾經有過一丁點兒希望，而這些希望本來都頗為卑微。

　　對於如今須要睡在一個男人身邊（而不再是上面）的如玉來説，生命中最大的改變是從期待的狀態變了完成的狀態，像一篇還未寫完的課上作文，在老師和鈴聲的催促下，無論正説到哪裏，都得進入一個能夠總結前文的句子，讓必須放在那裏的句號顯得自然、恰當。脫去了眼鏡的張先生在結婚一個星期之後的晚上對她説：「沒想到我這種年紀了，還娶到好老婆，有了落腳的地方。」説完就開始剪腳甲。如玉一驚，低聲叫道：「去，去，去，上洗手間去剪，你怎麼能夠坐在床上作這種事？」她把他推向廁所，關上了門，自己站在門外，突然悲從中來，熱淚盈眶。她第一次注意到他的趾甲原來早就硬化，他已經是個老人了。廁所裏傳來得、得、得的響聲，很艱難，很遲鈍。如玉回到床邊，用力揮動他的枕頭，

把他剛才剪出來的硬甲掃到地上。然後退到床的另一邊，躬起身子向着裏面睡。張先生回來，從後面一把將她抱住。他新剪的腳甲不慎把她的小腿刮痛了。接下來的一小時，她不斷把那一點小小的痛感努力誇張、放大，好讓他們的房事得以平靜、自然、無痛地完成。

辦公室，八點半，如玉依舊提早上班。蓮姐正要把她桌子上擺了兩天的「鮮」花扔掉。花瓶一拿走，桌面的空間大多了，露出了許久以前表妹親手做的紙百合。褪了色的小花瑟縮在一角，卻總是乾爽可愛的。蓮姐用抹布把花瓶擦乾，放回原位。如玉把它拿起來，用紙手巾又再仔細抹了一遍，放進抽屜裏。她考慮着要不要停止替自己買鮮花，把錢省下來，為張先生買一份既可儲蓄也可保平安的人壽保險，以報答他容許自己繼續為爸爸媽媽的單位每月供款的大恩大德。

蓮姐又在茶水間自顧自地說話了。「濕淋淋的，到處都是花，我才不信天下有這麼多愛送花的男人……」

飯局

每逢年節，頭號大學男子舍堂的老曲棍球隊照例吃飯聚會。

　　畢業近三十年了，眾人過了五旬，先後踏入更年期，對身邊諸事都看不順眼。席間有三位工程師，一位醫生，一位投資顧問，還有大律師、建築師和大學教授各一。大家一時不知說到哪裏，工程師甲突然問教授：「你在大學教的是甚麼？」對方答：「中文。」「大學生還要讀中文嗎？原來你是中文系的。」教授搖頭，正想多年兄弟，你這傢伙竟然連文學院的分科都不清楚，唉……律師已搶着說：「嘩，當今大學生的英文嚇壞人，莎士比亞讀成了鯊士比亞──Sharkspear! 你聽過沒有？鴿子 dove 讀成了『豆腐』──兜扶──拜洗頭水廣告所賜。

不過，中文是母語，總會好一點吧。」工程師丙「哈」的一聲，痛心疾首地指正他：「你錯了：今日大學生的中文不過僅僅超越文盲線！」「對呀，對呀！」大家忙不迭贊成附和，你一言、我一語，拼命舉出種種實例以證明新一代的語文一塌糊塗。大學教授根本沒機會說話。一檯人沸騰了二十分鐘，建築師禮貌地問教授：「大學裏的中文科是教甚麼的？」教授安然喝下一口普洱，氣定神閒地摸摸小鬍子：「錯別字、詞語的褒貶義、成語、病句修正……」他還未說完，眾專業人士又「嘩」地叫鬧起來了。醫生提高嗓子問：「你們沒弄錯吧？這些不是小學生讀的嗎？」乙、丙兩位工程師更是眉飛色舞：「原來我們的中文也不壞呢！起碼我們小學會考前下過苦功，這些可難不倒我們啊！」大家都覺得興奮，口沫橫飛地說起當年如何把一千多個成語吞下肚子裏，又說自己早就看過了水滸三國和所有的金庸小說，中文比自己的孩子棒得多了。「不過這也難怪，我們的孩子沒哪個不是讀國際學校的，至少是讀英文小學的。」大家又忙着為自己下一代之所以不大懂得中文辯解，語調裏竟還充滿「中文雖然不好幸得英文搭救」的慶幸。

教授微微一笑，這次他不摸鬍子了，只用一個指頭把金線框眼鏡往上托，語調裏有按捺不住的頑皮：「不如大家試一試做我學生的練習。」大家聽了先是一呆，三秒鐘後馬上摩拳擦掌，情緒高漲得難以置信。工程師丙自告奮勇，揚起眉毛，瞪大眼睛，雙手按着桌子「霍」地站起：「儘管放馬過來！」他的整個身子已經向着教授彎了過去，那張噴着口水的臉幾乎要懸空掛在他的半禿頭上了。工程師甲、乙為他打氣：「對！我就不相信我們會輸給今天那些胡混的小鬼！」醫生、建築師和投資顧問馬上組成另一隊，準備大戰眾「工程佬」。大律師仰頭微笑。他對自己的水平極有信心，一人一個單位絕對沒問題。

　　教授從褲袋摸出一小張白紙，但笑不語，又慢吞吞地從衣袋掏出一支只值三、五元的走珠筆，用漂亮的書法在上面寫了個「糾正」的「糾」字。「先考讀音。」他一面說，一面舉起那張紙：「你來讀！」他指着口氣最大的工程師丙。不知怎的，對方心頭忽然一怵，哈哈大笑試探着說：「我一直讀『豆』的呀，難道、難道這還能不對嗎？」甫說完就望向工程師甲，工程師甲急忙退

開，拱手讓道：「喂喂喂，自稱中文好的不是我呢，你們來！」一直未說過話的投資顧問這才打開金口：「錯了，錯了，此字不讀『豆』，應該讀『矯』！」是次出手，志在必得，因為他歷來都對自己的眼光滿有信心，否則怎教人投資？豈料同意他的只有律師一人，其他人不是狡猾地說兩者皆可，就是支持工程師丙，局面十分混亂，侍應生還以為出了甚麼事，特意請部長走過來察看。六七人吱吱喳喳地說個沒完沒了，教授仍自顧自地喝茶，甚至揚手叫侍應生沖茶，又吃了些帶子炒百合，由得他們繼續爭論。大家爭持了七八分鐘才逐漸安靜下來，隊伍散開，人人只代表自己，或隨意重新組合。最後，大家放棄了，所有眼睛都向着教授轉過去。教授舉起小紙片，說：「全錯了，零分。」此語一出，人人大叫，無法相信這是事實。大家正期待他「開估」，他竟又在上面寫下了八個中文字：「端、瑞、喘、揣、惴、踹、湍、崤」，一眾專業人士跟着他的筆鋒一個一個地朗讀：「端」、「瑞」、「喘」……未幾就「喘喘喘喘喘」地一直「喘」下去，愈「喘」愈不順利，直至喘不過氣來，本來比大樹還強壯的信心如今已經氣若游絲了。教授緩緩

32

把小紙片放在桌上。大家追問他那些「喘氣樣」的字該怎麼讀才對，他卻不答，只拿起茶壺逐一添水。醫生說：「喂，別賣關子了，說呀，該怎麼讀呀？」眾人開始騷動，有的站了起來，有的索性走到他背後去「尋找」答案。他拿起茶杯，手從右至左繞了一圈，如同致敬，然後自己一飲而盡，並高聲說：「乾杯！為我們語文優秀的老一代！」

眾人過不了教授的頭一關，極不服氣，你一言、我一語地圍攻他：「乾甚麼杯？別玩了！你在故意刁難我們呢，題目出得那麼深！那些喘來喘去的字根本沒有人會讀！」教授雖然四面受敵，卻仍獨排眾議：「深？我的學生現在全都會讀了。」大律師最會辯駁：「其實讀音搞不清楚查查字典就好了，這根本不能證明我們中文不好。」教授莞爾：「張大律師，你此話最有道理。讀不出幾個中文字，甚至寫錯別字，也不見得就是中文不好。不過，現在是你們在指控當今的大學生的語文不逮呢，我可還未下過甚麼結論呀！」口才了得的大律師一時語塞啞住；醫生見狀，馬上施救：「這點我同意。我說現在的年輕人語文差，是因為他們用語不當、語法不好，

也不了解詞義嘛！」教授豎起了大拇指稱讚他：「果然有見地！現在我就來考考大家對一些常用詞的認識吧。」經過了上一役，工程師們不免有點膽怯，指着建築師說：「他先做；他未答過問題。」教授對建築師說：「好。那你就說說『也』、『亦』、『都』三字在一般用法上的分別吧。」然後他回頭向醫生說：「你來告訴我『須』和『需』有何不同。」

說完此話的三十秒內，眾人面面相覷，沒有人答得上來。過了許久，投資顧問打圓場：「這就像買股票基金，可以搭配組合，其實我聽過人說『也都』。」此語一出，其他人就不斷提出「亦都」、「亦也」、「都也」等「詞」，製造了一大堆廢話，但始終無人講得出三者的分別。教授逕自夾了最大的雞腿，逐片白肉撕開來吃，由得他們發揮。最後建築師總結：「三者沒有分別！」大家此起彼落地呼叫，深表贊同：「對呀！對，沒有分別，你在戲弄我們！」教授嘆了一口氣，說：「完全一樣！」眾人高興得大叫起來：「Yeah! 終於答對了！」教授卻搖搖頭：「沒答對。我是說：你們的想法和學生的錯誤觀念完全一樣。」

一眾社會精英像洩了氣的皮球，跌落自己的座位。醫生忽然用盡最後一口氣再度「彈」起，握拳叫道：「還有成語！我的成語一定比你的學生好，快出題！」大家看見他滿頭大汗的模樣，怕他會爆血管，都於心不忍，伸出手來扶他坐下。教授也知道自己「玩大了」，馬上站起來陪笑道：「何必如此？不玩了，不玩了。」豈料醫生竟然不顧眾侍應生已經偷偷圍攏過來「看戲」，激動地拍案高呼：「想我當年會考 7A1C，雖然 C 了中文，但那時的 credit 總有幾分斤兩，又怎會輸給你今日的『細路』？不准不玩！」教授知道自己已經搧出大火來，只好努力降溫：「我們全是這個社會的精英，當然不會輸給『細路』，所以你實在不必太認真，我出的題目確實太難了。」醫生卻不理他，繼續悲憤且悲壯地下命令：「別多說，快拿出你的成語練習來！」說時遲、那時快，他已一手奪去教授手上半打開的公事包。幾乎同時，所有頭顱馬上聚攏到這邊來。律師眼明手快，指尖一用勁就抽出了那本《大一語文習作》。「我先來！」他一面說，一面胡亂翻開了一頁：「咦？……『戶』甚麼『不』甚麼？這是甚麼意思呀？我起碼有兩個字唸不出來……」

投資顧問馬上救駕：「這種成語會不會太艱僻了？甚麼道理我們一整幫的 professionals 都不懂？肯定是太艱僻了。」醫生這時已經滿頭大汗，漲紅了臉，生氣地上了洗手間。沒有人知道他原來在廁所內揮拳打牆，淚水因強忍過甚變成了鼻涕。

教授抽了一口冷氣，用手指轉動桌上的小杯子，尷尬地笑道：「戶樞不蠹，大概就是流水不腐的意思，平日讀點書該會遇見的⋯⋯」

「戶樞不蠹，流水不腐」？他在說甚麼？所有人都皺起了眉頭，一時無言以對。大家靜下來。不久，工程師甲說大家不如談談別的東西。話題確實又改換了數種。但未幾，工程師乙又回到最初的「關注議題」。工程師丙再一次問道：「那麼說，你在大學裏當真就只教這些錯別字、成語、病句不成？我說嘛，這些東西小學就該懂了，上了大學還不會，今日的學生也實在太不像話了。」甲乙丙不斷「是呀、是呀⋯⋯」地附和着，建築師律師投資顧問和大律師依舊即時舉出許多例子來支持自己的論點。今天晚上的結論仍是「新不如舊」。

教授把小紙片仔細疊合，放回口袋，又叫筆套好好

歸位，更把公事包「zip」的一聲拉上；最後他拿起杯子，
牢牢封住自己的嘴巴。

橙

沒有焦點，也沒有終點，小意柔細的話語就這樣流入我貪婪的耳朵。幾年了，我一直是最有耐性的丈夫，這一點我是肯定的，但聽着她這段往事，依然難以自持。她像心思細密卻忽然失神的小說家，喜歡喃喃思考。我知道那個叫做 Steve 的男孩子又回來了，且正安安穩穩地坐在她心裏，像一個雕工精細的銅像佔據着小公園的核心，無論你身處哪一個角落，都看得見他或他的反光。時間過去，周圍的樹不斷長高，銅像矮小下去，但他坐姿不變，樹蔭下越見自在。雖然出現的頻次已經減少，小意漸漸變綠的人生仍不時響起金屬冰冷的碰擊。我們若直直朝它走去，一定會被迫止步，若不繞道而行，注定要迷路。

她就這樣用微小的聲音把我帶進她中學那無法抗拒的青春場景：午飯時間快過去了，人逐漸多起來。三個並排的籃球場上，男孩子的吆喝糅合女孩子的尖叫和忽然冒起的老師的朗笑，像蛋糕上的巧克力粉末，甜甜地撒滿了整個冬日的校園。陽光好得不得了，與細碎的汗滴一同落在長長的睫毛上、爽淨的飛髮上和初長的臂肌上。兩隻小麻雀飛過，一隻仰着頭張望，飛走了。一隻細細啄食水泥地上的小沙粒，知道那裏沒有好吃的，停一下，也往山坡那邊飛去了……

　　然後她回憶的視線漸漸集中：三個實驗室的門都關着，窗頁外加了鋼絲網，怕失控的籃球闖進去會打爛儀器。門外幾張落在簷蔭中的長椅上，胡亂放了些筆記本和教科書，有時也胡亂放着些少年人：校服歪了，領帶鬆了，紙包維他奶的飲管發出連串的咕嚕咕嚕，最後一口喝完了。少年看看紙盒，有點驚奇，也有點氣惱，一把將盒子捏扁了。

　　但 Steve 坐在生物實驗室外面的長椅上，卻整齊安靜得像一幅英國風景……

　　小意說到 Steve 的時候，總是這樣微細：他的大衣

很大，灰黑呢絨帶着一點點土黃色的錯覺，但那種感覺從何而來，卻無法曉得。大衣舊了，絨線織成的小格子清晰可見。大衣下面是圓圓領子的毛衣吧？小意問，然後自己搖搖頭，說記不起來了。他很少脫下大衣。如果脫了，他不知該有多瘦。然後她問我：這樣瘦的身體到底有沒有體溫？我說那當然有，人人都是暖的，你沒讀過生物嗎？小意笑起來，迷失的樣子像在構思一次用想像來完成的擁抱。果然是暖的吧？

　　實驗室兩點門就開了，Steve 要早幾分鐘進去。低年級的孩子叫他陳老師。上了中三，大家就發現他不是老師了，可是十四歲還是太小，沒有人敢直呼一個大人模樣的、曾經稱為老師的人的名字。他們落入尷尬的處境中，於是都不再叫他了。Steve 是實驗室助理。我說，老師就是老師，助理就是助理。小意問我助理是做甚麼的。我說就是在實驗室拿這個那個的，幫老師忙的嘛。難道她沒看見過他工作嗎？她搖搖頭。她發現他老是坐在長椅上的時候，自己已升上了文科班，再不用進實驗室了。她只知道他天天同好多美麗的玻璃瓶子在一起。實驗室裏的儀器不是都很清澈嗎？她說，光因為這

個，她就覺得 Steve 幸福。一次，一個同學把瓶子的長頸打碎了，Steve 就把破處放到 Bunsen burner 上面燒，將尖銳的瓶口燒成一朵花。他還真的撿來了兩朵飄落的白色杜鵑，放了些水養着，並且擺放在實驗室面向球場的窗台上。這樣好，她很強調，因為這讓他由陳老師變回 Steve。老師都太忙，不會花時間照顧破爛的儀器和飄落的花。

Steve 應該跟理科班更熟落，事實不然。中六的時候，小意説，他知道她們文科班上大部分女孩子的名字，連她們的諢名都叫得出來。小意的外號很難聽，叫做燒魚。但他從來不叫她燒魚，也不叫她小意，如果真的要開口，要麼叫嗳，要麼連姓帶名一起叫：「林小意，要不要吃橙？」

他在學校吃午飯。有人供應飯食，部分老師就付錢「搭食」。吃完飯，他們會拿到一個不很大的橙。Steve 也有一個。可是這個橙的滋味，卻是小意的。他每天就坐在實驗室門外，等剩餘的午餐時間過去。如果小意與她的同學走過，他就會輕輕叫喚她，然後從大衣的口袋拿出那個小小的明亮的橙。她還沒走到他那邊，橙就從

他右掌滑出，沿着優美的拋物線向她雙手泅游而來。她熟練地接過，開懷笑了，高聲說一句謝謝，然後趕上她的同學。

有一段日子，每天都這樣。她的手逐漸習慣了握着一個橙的形狀。

我問她會不會吃那個橙。她說大概都吃了，要不然整個冬天那麼多的橙都到哪兒去了呢？不過，我繼續問，冬天吃橙，不冷嗎？她點點頭說，冷啊。我又說你的同學也一塊兒吃嗎？我控制不住繼續發問，我有無盡的問題，因為答案都太酸苦，我無聊地希望偶然會碰到一個比較甘甜的果子。我怎會記得呀？她對我的連串問題明顯感到厭煩了。我說：你還記得甚麼？她搖搖頭，靜止了一會，忽然拿起我的手來看，看了好久，一直沒放開。風很大，而且帶着小雨點。我們朝着地鐵站走。她的手就這樣握着我的手，一同滑進我大衣的側袋裏，但我把兩隻手一同抽出來了。在雨點裏拉住她。那感覺既美好又痛苦。

連一點夏天的記憶都沒有嗎？小意搖搖頭。夏天的校園熱得可怕，她說。不過，一次地理老師帶着大伙兒

到東坪洲看水成岩，他好像也在船上。甚麼好像啊？不知道為甚麼，我開始有點不高興的感覺了。她說的確只是好像而已，因為後來他送給她一張照片：她坐在甲板上，正跟同學調笑；從照片的角度看，攝影師大概是站在船艙裏仰起頭來拍的。我問她那天後來怎麼樣，她說忘記了，因為她根本沒注意他也在船上，她沒看見過他。就這樣，她一直再沒看見他了，他到北美讀大學去了。她說這時候她才想起自己的不在意，且覺悟到這種不在意的驕傲和任性，最後還因此產生了深深內疚和後悔。這時我垂下頭來看着她，我們都全神貫注，渴望心底裏那個寂寞的自己被對方發現，卻同時害怕被發現。

　　我們在陰冷的冬日裏走繼續走，她沉默了好一會兒，彷彿在想要不要繼續撿拾這些零碎往事。她明明知道我在難過，但也清晰察覺到我的激動和敵意。種種負面的、躲閃的感覺把她和我緊緊地捆綁在一起。但那些越拉越緊的繩子開始陷入我們的皮膚了，我覺得非常地痛，但我不要先去解決這種痛。她好像也需要這種苦。最後，她用冷靜的聲音說：她夢見他在加拿大的雪地上踽踽獨行，手插在衣袋裏。他走得很慢，她穿着夏天校服裙子，

拚命追趕，但追了很久都沒法跟上，不知過了多少時間，才勉強走近他。她冷得快要結冰了，就伸手往前，探入他大衣的側袋，強行把小拳頭插進他大手的掌心。

她說話的時候，把頭垂得很低，靜靜隨着我又走了一段路。我把她話語的碎片組合起來，細細思考。我應該怎樣接納她的沉溺呢？我知道她從未對誰說起過這個人，此刻我要做的，是在「她選擇對誰說」和「她選擇說起誰」二者之中挑選一種思考模式。我更用力地握着她的手，但不想把它放進我的衣袋裏。我們的手都很冰。我倆一同走進了地鐵站。然後我把她拉回地面，說，我們去買些橙回家。她看着我，無措地站着，好像完全不明白我的話，最後迷惘地跟着我走到水果店。忽然她醒過來了，興奮地問我：「可以買牛油果嗎？」我想起她常做的鮮蝦沙拉，就伸手取了兩個剛熟的牛油果，還挑了好些香蕉和蘋果。她看來很開心，終於像一個遲鈍的小女孩，因感覺到幸福而笑了。

付錢的時候，一個二元硬幣掉到橙堆裏去了。我伸手去撿，果店的老闆乘機說：「這橙好。」小意愣了一陣子，竟說：「冬天吃橙？很冷啊。」老闆還想繼續，小

意卻扯着我離開。走了幾步,我問:「那兩塊錢呢?」老闆聽了,隨手抓起一個特別小的橙,說:「很難找,這給你們好了。」他見我們已經走開,就把小橙子拋過來。

我和小意都只有一隻空出來的手,都嘗試去接,結果,橙掉到水泥地上,叮叮咚咚地滾到溝渠裏去了。小意蹲在地上要去撿,我急忙叫道:「別動,讓我來!」小意看着我把手伸向幽深黑暗的溝渠,也叫道:「不要了,不要了,不過一個橙而已,算了!」我們一同站起來,向老闆示意不要了。老闆不好意思地笑起來。

我拉着小意的手橫過馬路。她的手仍然很冷,握成了拳頭,就像那個小小的橙。我把她的手拉進衣袋裏暖和着。走了幾步,我側臉發熱。她在我右邊忽然熱淚盈眶,淚水快要掉下來了。我故意不去看她,只把她拉得更緊。漸漸,我感到她的手已經打開來,變得柔軟。

好心人

社會學系的蘇仰止教授活了四十多年，才第一次給人家偷東西，對他來說，這實在新鮮。像一個好奇的小孩，他興奮得久久未能坐下。給過大的腮幫子擠着的嘴唇肌肉開始收縮，嘴巴幾乎消失。他拿一張廢紙寫寫畫畫，開始積極思考，不由自主地勾出一個流程圖和好些箭咀，還用熒光筆塗得五顏六色。過程很有趣，可答案實在太簡單了：除了搞清潔的和姐，誰都沒有機會偷他的錢。

　　和姐長得像蘇教授的媽媽。媽媽很瘦，六十開外了，皮膚還很好，白裏透紅的，皺紋分布平均而幼細，因此不大看得出年紀，老人斑一點沒有，只有兩道隱隱約約的眉毛。媽媽因此看來很年輕。她喜歡戴鑽石耳環、塗珍珠光澤粉紅指甲，起床後必用風筒定形水吹順繞耳短

髮，先飲一盅上好的鐵觀音，然後到公園去跳中國扇舞，到現在還有好些六七十歲的男人追求。和姐呢，只有五十幾，清晰的耳洞因廢置過久而癒合。指頭緄上了洗不去的黑邊。可那不是髒。她的指甲剪得特別短。那是因為手指頭粗糙乾裂了，皮膚上密集的裂痕遠看成了黑色。和姐跟媽媽一樣瘦，顴骨格外高。媽媽的臉上沒有油，光潤潤的是日本名牌護膚品琢磨出來的細緻玉白。和姐的臉頰肉太少了，那顴上的亮光是骨頭把皮膚撐得太緊造成的反光。

在家裏，媽媽每天對瑪莉亞說教授的書桌不能碰，瑪莉亞於是連書房都不整理了，小兒子阿泰每次進去都搞出個鼻敏感。老婆為此多次埋怨他髒亂。他每次都說自己馬上就要收拾——但只要一碰，位置稍移，他一切紙張書本論文期刊就亂了，再找不回那特定的一頁。在大學裏，和姐卻拿薪水每天八點半之前抹淨所有東西。蘇教授上班就知道東西移動過，卻從來沒有搞亂。蘇教授曾經想過聘用和姐做兼職——每星期到他家裏去打掃一天半天——因為她夠專業。可是，老婆會批准嗎？家裏明明有媽媽，有不用工作的太太，更有菲傭，還有保

證過會清理書房的他自己，再找個人來專門抹一抹房間裏的東西，實在説不過去。何況老婆有那個本子——在那個紀錄着一切開支的本子上，無論如何不容他寫下這一筆古怪的帳。

這一天有點特別，如果不是這樣，蘇教授該不會損失這二十塊錢。

為了下星期的研討會，蘇教授早上七點不夠就摸回辦公室做論文。系裏很靜，空洞的走廊像一條廢置的隧道，兩頭大門滲入的光連接不上，中間是一大段黑暗。蘇教授也不打算開燈，彷彿這會破壞用早起賺來的美滿清晨。摸出來的鑰匙很冷，木門因為天氣乾燥而收縮了，鎖特別難轉。可是當那道門一打開，向東的辦公室就像一個聚光的透明立方，把他一擁入懷，工作帶來的幸福感把他團團圍住，連一點疑惑的隙縫都沒留下。他自我感覺良好：他是教授、學者、是精明老婆的聽話老公，是媽媽的孝順兒子和一流爸爸。全無後顧之憂的窗臺上，簡單而重複的波斯頓蕨正急速長大，每天都繁茂一點，叫人看着就歡喜。像平時一樣，他感到釋放、輕鬆、安全、富有。

毫無意識地，他做了每天都做的動作——從褲袋裏掏出鑰匙、輔幣、八達通、教職員證和老婆每天給他配備的維他命丸小膠瓶，還有五張給他弄得皺皺的二十元紙幣，一股腦兒全丟到書桌上。他開了電腦，寫了一小時論文，不意竟給一個小注釋的資料揪住了。他站起來伸了個極大的懶腰，看看腕錶，哎，八點開外啦？難怪肚子餓了，不如先去吃早點。甫打開門，就看見和姐拿着大串鑰匙，正要進來清潔。

　　「啊，對不起，教授這麼早就回來了？」

　　「我說對不起才對——把你嚇着了。」

　　和姐搖搖頭，腼腆地笑了，她真像鄉下出來的媽媽，來看望衣錦而不還鄉的兒子，來到了，卻又不知該用怎樣的臉面跟自己的骨肉相見。她被這矮矮的、眼睛總是笑着的溫柔男人嚇壞了。蘇教授關懷地問：

　　「吃了早點沒有？早上冷。」

　　「吃過了，有心。」和姐還是恭敬地笑着，一面說一面點頭。

　　「吃了？教職員餐廳的東西好難吃，我每天都只吃麥皮加方包——但這也要二十塊錢呢。」蘇教授忽然變

54

得頗為小男人，絮絮滔滔口出怨言，好像被教授這名號還押多年，一找到出口，就趁機假釋。

「教授您說笑了，我哪能吃二十塊錢的早點？二十塊，夠我們一家三口的晚飯了。早餐我都吃剩飯餘菜。」和姐羞怯地說。

「真的？總不會每天都有剩飯餘菜吧？」蘇教授的天真讓他至少年輕二十載，他的禿頂於是顯得有些不協調地滑稽了。和姐卻仍顯得緊張，她認真地說：

「每天吃飯的時候記住留下一點點就有了。不然就多吃一個小麥包。」

蘇教授沒體力再說下去了，畢竟論文等着，肚子響着，早餐在劣評如潮的餐廳裏香着。他把辦公室交給和姐，就跑樓梯下到餐廳去。吃完了麥皮和方包，還有點餓，原想再叫一客炒蛋，卻慣性地想起老婆每一天的吩咐：單數周日不許吃雞蛋，雙數周日只可以吃蛋白，只有星期天才可以吃整個雞蛋，但吃的時候必須同時喝下一杯普洱——這都是為了他好。他是知道的。但今天他對雞蛋的渴望越來越大，尤其是鄰桌的女人正在小口小口地把炒蛋放到舌面上，好像在吃鮑魚似的。掙扎了好

久，蘇教授終於站了起來，走往結帳處。可那一刻，他發覺自己的錢都胡亂撒在書桌上了，甚麼都沒帶來，連輔幣和八達通都不在身邊。他非常不好意思，對收銀的女子解釋一番，又留下一本書，保證自己會在五分鐘之內回來付帳，才匆匆離去。

回到辦公室，蘇教授發現桌子和鍵盤都濕濕的，明顯給和姐的抹布清潔過。他也不理會了，趕忙抓起那幾張皺皺的紙幣就走。進了電梯，人安定下來，才慢慢把那些錢攤開、摺疊。然後 …… 咦？不會吧？他發現手上只剩下四張二十元。

他慢慢進入一種奇怪的心理狀態，失去推理能力時，感受會特別強烈。這時電梯停了，幾個趕着上課的大學生衝了進來，一個認識他的叫道：「阿 sir 早晨！咦，去吃早點啊？」蘇教授的強大感覺被干擾了，心裏嘀咕：「阿 sir! 進了大學還 Missie、阿 Sir 地亂叫！連和姐都懂得叫教授啦 ……」但一想到和姐，那種既驚訝又興奮的感覺再度冒升。他有點內疚。為甚麼竟然希望她偷自己的東西呢？難道她的人格破產了，自己會開心？如果她是自己的媽媽、老婆或兒女，自己的感覺會怎樣？

他已經又來到餐廳了。匆匆付過了錢，開始覺得有一點點窮。畢竟，今天只剩下六十塊錢了。這個實在……實在不能讓人知道：老婆每天清清楚楚數着給他五張二十元的紙幣，表面原因是他膽固醇太高，不能讓他多吃，還有就是兩人要省下多一點錢，樓價便宜時在附近多買一個單位來收租，預備退休時過日子；但其實那也是對他的遙控。每天只有一百元使用的男人，可以做出甚麼越軌的事？報紙也只能看免費的，或是系裏訂閱的……想到這裏，他搖頭笑了，本來寬闊的下巴變得更寬，下彎的嘴角如今正努力向上扯高，上下的拉扯造成了僅可察覺的顫抖，他覺得自己是一尾努力改變嘴形的魚。

又回到電梯裏，蘇教授一個人就這樣笑着繼續他的行程：如果吃三十五塊錢的午餐，那不是只剩下二十五塊嗎？老婆問起，該怎麼辦？說給偷了，她一定不信。那有人只偷二十塊錢？告訴她是因為多吃了，跟同事去了飲茶之類她必定更不高興，整天說着血壓啊，血脂啊，心臟啊……一定要說到十點半關燈，即使關了燈還要他爬起來再喝一杯濃濃的普洱。

這還不止，媽媽一定會在他忍受着這一切的時候，不停讚揚這頂呱呱的媳婦兒：是兒媳堅持要跟婆婆一塊兒住的。是她，讓兒子得以盡孝。是她，有本事在六點半新聞報道的音樂響起之前叫兒子回到家裏吃飯。是她，命他天天喝濃茶、做運動、吃各種顏色的蔬菜和早睡早起，勉強維持了他的身材、精力和成就。是她長年累月地幫他校對論文，而且催促他每兩個月出產一篇，以致他一直順利升職。是她讓兩個孫兒每次考試都保持在頭五名之內，讓當奶奶的可以到處「曬命」。是她持家有道，繳了稅，每年仍能夠增加四十萬的存款。是她讓自己在公園裏有了最大的面子。有了這個媳婦，兒子、瑪莉亞和男女兩個孫兒（一男一女，你看，多完美）各就各位，除了書房，家裏打理得一塵不染，還能在東華三院和保良局籌款的晚上，用「蘇太太」的名義捐款做善事。雖然她實在不知道蘇太太是不是指自己，但公園裏的晨運客都這樣想，也就夠了。

這位第一流的媳婦，是怎樣數算蘇教授的零用錢的呢？二十塊早點，必須包括麥皮。三十五塊午餐，偶然可以吃點心，但一定吃不到鴨胸或牛排。交通費用八

達通，老婆會每周為他增值。手提電話費由老婆拿去交
——所以一般都不會超額。報紙？上面已經說過了，總
之不會有不知道的新聞。剩下的四十五塊若無其他用處，
晚上必須交還、滾存，好成為明天的零用。甚麼是「其
他用處」呢？例如回家路上，老婆打電話來說要買一
瓶豆漿，那些錢就用來「應急」。但今天回家，就要少
二十塊了。該怎麼跟她說？

　　午餐時間未到，蘇教授已經餓了。他輾轉走到學生
飯堂（那個給大學生叫做「餿 Can」的地方），買了一
個菠蘿包和一杯檸檬蜜糖——啊，不，他忽然改變主意，
對收銀員說了聲「對不起——請給我咖啡。」屈指一算，
才不過十二塊錢，還掙了幾塊錢和吃飯的時間呢！想到
這裏，菠蘿包的皮屑和咖啡一同變甜了。

　　第二天，蘇教授依舊早起，趕着在和姐來清潔之
前回去。他故意把口袋裏的五張二十元紙幣拿出來。可
是怎麼搞的？怎麼它們竟然都又平又直呀？他搓弄了幾
回，胡亂放在書桌上，只撿了二十元就匆匆離去。離開
電梯時，他遠遠看見了和姐拿着水桶和抹布，正向他那
邊的辦公室走。

回到辦公室輕輕點數，咦，為甚麼今天沒拿？可能連拿兩天太明顯了。他暗自決定第二天再試一次。翌日下午他又吃了包子，不過，今天他沒有喝咖啡了。昨天晚上失眠，不知道是否跟咖啡有關。

第四天，事情又發生了。今天蘇教授掏出一百四十元，那是他吃了兩天麵包省下來的。他為自己留下二十元，把另外六張紙幣搓成一團，胡亂放在桌子上就出去餐廳看書一小時。

好些日子過去了，這樣的失竊，每幾天就發生一次。和姐是唯一能夠進入他辦公室的人，已經不再需要甚麼證明了，她就是那個小偷，那個讓蘇教授覺得生活仍有一點點真趣的女子。故事到此已經失去了懸疑，不能成為一篇好的偵探小説了。但蘇教授走往地鐵站的時候，還是偷偷笑着，彷彿他故意讓和姐不斷得手，還讓她自以為神不知鬼不覺；而自己也瞞過了精明仔細的老婆，是一項難得的成就，比他拿到的大筆研究經費更叫人高興。

接下來，蘇教授開始忙碌了。他不斷思考自己為何要這樣做。偷竊到底不是好行為，為甚麼一直暗暗鼓勵

和姐？有時嚼着麵包覺得太乏味，也會有一點點後悔，但想到和姐説過的話，精神又來了。和姐説：二十元可以買到他們一家一頓晚飯的菜——這不是最好的理由嗎？但蘇教授的眉頭再度聚攏在一起。他很清楚：自己並不因為要和姐一家人好過一點才讓她偷錢的。他不過要看看自己是否可以這樣過日子，並且和一個不大熟悉的人發生一種詭異不凡的單邊關係，過自己的研究癮。

　　一個學年過去了，蘇教授不止「修身」成功，偷偷積下來的零錢竟然越來越多，他布的局也越來越大、越來越複雜，有時候桌上還會有一大堆輔幣。他拿出一個小本子，把和姐拿去了的錢一點一滴地加起來，成了每天的享受。這些日子裏，和姐拿走的錢加起來已經有千多元。蘇教授想，如果這些錢如今還留在自己的口袋裏，他會怎麼用。買電腦大大不夠，可是買一件好看的大衣或一個像樣的公事包，該也可以了。雖然他永遠不會真正擁有這些東西，可想想也是愉快的。他的生活，漸漸有了更大的味道，甚至意義。最有趣的是和姐碰見他的時候，他們還可以很自然地招呼，好像甚麼事都沒發生。這對他來説，簡直是每天上班時的最大刺激。

一天臨下班，和姐竟然來到他的辦公室找他，說她要離職了。蘇教授心裏想：不會在別的辦公室偷錢給抓住了吧？這麼一推想，不得了呀，那和姐的收入豈不很多？其實，他一直暗地裏害怕這一天的到來，這會中斷他的遊戲，但他也期待着這時刻，因為她罪有應得。可她卻是來報喜的：她說兒子再過幾個月就從港大畢業，要成為見習律師，她也不必再做月薪五千元的工作了。

　　「啊，要退休了？」蘇教授心裏很難受。他又開始搜索自己難受的原因。最初，他以為那是因為自己的錢從此無法追回，所以傷心。可是，他本來就沒有打算追回的呀，何以不快？是捨不得這位老同事嗎？哪裏！自己何曾把她看作同事。她不過是一項實驗罷了。但這也不像，因為他對對方的心理狀態從來不關心。他關心的，不過是自己感受上那些微妙的變化。通過她，他可以看不起人，可以經歷某種成功，可以假好心的名義隱瞞、欺騙老婆，並且裝作甚麼都不知道，說穿了，這是因為好玩；老實說，像他這樣循規蹈矩、從學校來到學校、最後又從學校退休的人是從來沒玩過的呢。想到這裏，他忽然經歷到一浪悲傷的情緒。他開始這個遊戲和結

束這種處境，都不是自願的，可更難說是被迫的。他努力鎮壓自己的情緒，對和姐說：「恭喜，恭喜！令郎真出色！」

和姐垂下了頭。她從地上拿起一個大大的紙手袋，裏面有一盒巧克力。她害羞地說：「蘇教授，謝謝您一直照顧我們，我真的很感激您。這些日子您好像瘦了，請保重。」

蘇教授再驚訝也沒有了。他定睛看着面前這個村婦一樣的女人，發現對方的智慧竟然一直在自己之上！「不敢，不敢，我甚麼都沒做過！」

和姐的眼睛忽然濕了。她企圖掩飾自己的激動，竟然笑着說出這樣的話來：「您是個好心人，整個大學，就數您最有人情味。——我走了。」說完，她點着頭往後退，像在叩拜。

第二天，系主任召開緊急小會，告訴同事和姐被開除的消息。她問同事們有沒有失去甚麼。大家很驚奇，都說沒有，而且幫和姐說了些好話。散會後，蘇教授湊近系主任耳朵問道：「是誰發現的？」她說：「哈，你還問呢，就是你啊！錢胡亂放。那天早上，我到你那邊找

你，一推門，就看見她在拿你的錢。她當場就認了。人贓俱獲。」

蘇教授本想說：「你當時怎麼不先敲敲門？」可他沒問，只是說：「這種時勢丟了工作⋯⋯」系主任說：「放心吧，對這種人來說，到處都是錢。」

蘇教授搖搖頭。把系主任送走以後，他回到辦公室，手伸到褲袋裏，抓出了一個平時省下的五元硬幣，輕輕把它拋到半空，想用手接住，它卻不肯落入掌中，反而落在地上，叮鐺一響。這時，老婆打電話來，吩咐他下班去買五元的老薑回家。蘇教授欣然說好，拿着電話，就向下彎身，把小小的錢幣撿起，如同在深深鞠躬。

失焦

是六年前的事了。

阿朗出院後幾天，我去看他。他媽媽一見我就呆住，用身子擋住門道，嚴肅地說：「張教授，阿朗已經不是你的學生了，請你走吧。」我一愣，竟然點了頭。他媽媽今天穿戴整齊，連鞋子都套上了。我又隨便問了句：「林太太要上街嗎？」她的眼睛閃過一陣使人心寒的憤恨。「不錯，我今天正要帶他出去找工作！」

我聽了有點擔心。阿朗可以應付嗎？他出院還不夠一星期。而且，我這一次來，正是要把他帶回大學去完成學業。

幸好阿朗從裏面走出來，看見了我。我跟他說「嗨」，他也很熱情地打招呼：「教授，您來啦？請裏面坐！」

我不敢趨前，因為他媽媽還擋在門口，而且毫不客氣地張開了兩手。我問道：「阿朗，你不要復學了嗎？為何不回覆我們？是系主任讓我來看看你的。」阿朗聽了，很驚奇地説：「學校根本沒通知我啊！」這時，他媽媽忽然失控了，扯盡喉嚨高聲大喊：「通知不通知是我們的家事，你管不着！阿朗絕對不要再回到你們那兒去！」她説時拚命往我小腹一推。我尷尬地退到門外幾步，幾乎跌倒。但是我不敢離開，因為我心裏有不祥的預感。果然，門閘砰然關上以後，阿朗的尖叫聲傳出來了，他媽媽呼天搶地，椅子桌子碗筷杯碟乒乓亂響。突然門又打開了，阿朗蠻牛一樣衝了出來，他媽媽死命拉着他的褲頭，我也奮力把他抱住，最後還驚動了鄰居和管理員，才把他制服了。

阿朗又回醫院裏去，緩慢地重複着那可怕的療程。走廊上，醫學院精神科那邊的同事責問我：「你們系到底怎麼搞的？還以為病號已經好過來，可以復學了。」我無言以對，阿朗的媽媽正在兩米以外用眼睛狠狠咬住我，好像我殺死了她的兒子。

阿朗本來是好端端的。他是我文學創作班上的學生，

樣子很清秀，兩道深黑眉毛跟眼睛非常接近，人看起來炯炯有神。他還有一頭漂亮的天然鬈髮，雖然蓬鬆，卻頗有秩序。他不笑的時候幾乎讓人感到害怕，但一笑，眼睛就遠離眉毛一點，瞇起來再看不到眼白了。他愛聽靈歌，平日讀文學和歷史，喜歡叔本華的論文、李賀和蒙塔萊的詩。我欣賞他寫人性時的深、狠、到點。他愛用光暗對比強烈的意象，喜歡通過細小的聲音刻畫巨大的岑寂，他作品的主人公全都有點精神恍惚，好像不大屬於這個世界。我在教職員餐廳裏一對一教他如何揚棄流行小說那種沖毀一切的盲目行速，又叫他小心避免學院派作品那種拒人千里的拖曳、沉悶、傲慢和無限延展。我們沒完沒了地談着《魔戒》，但那與文學無關，不過因為師生二人都迷戀着那非人間但充滿人性的英雄國度和勇力生態。我不得不承認：自己長時間努力培養這樣的學生，目的之一，是要解決個人在內心的空中花園裏晾掛得太高也太枯乾的寂寞。他的成績好極了；班上已有微言，有說他的作品都是抄來的，因為阿朗的文筆和深度比一般大學生高出許多；實情是這些學生根本無法接受阿朗是天才這事實──幸而我對他的創作過程瞭如

指掌，能夠證明他的清白。但在大學裏，抄襲確是常有的罪行。

　　我又不幸言中了。這一次，抄襲者是個女生，她上課時很乖的──我說甚麼，她都不住點頭。但我知道她其實聽不明白，因為她鉅細無遺的筆記也是失焦的。這女孩三天兩天就來找我，溫言軟語地就每道眉批向我「請益」，又多次問我她何處及不上阿朗。我無從解釋。夏蟲不可語冰，要她明白是何等困難啊。那一次，我實在忍不住了，說了真心話：「珍蕊，你的天分比不上他──」話音未落，我就知道自己失言了。這樣的話，絕不該從老師的嘴巴漏出。她對分數錙銖必較，來念創作，無非誤信這一科比較容易拿到好成績，不因為興趣。如今還未考試，我就蓋棺論定，說她給別人比下去，她明顯受不了。但這種只要成績、不要進步的心態，我教學二十多年，就是用手指堵住鼻孔也嗅得出來。果然，她嚶嚶地哭了。我平日見女學生，門一定打開，如今她一哭，全系都聽見了，把我嚇了個半死。頑皮的系主任走過來胡說開會了開會了才打救了我。他是我大學同窗，如今又是同事；事後雖給他取笑了好幾天，我還是

非常感激他。

　　過了些時，阿朗拿來一本銷路甚差的文學雜誌，指着說：「古珍蕊最新那個作業——就是你認為大大進步的那個——是抄來的。」他打開那本雜誌，細細給我看。證據確鑿。我氣得七竅生煙，把事情如實上報系方。大學的校規不算嚴厲，但也不簡單：凡發現抄襲，首先是犯事者整個科目不及格，系方更必須上報學院、註冊處和研究院。我問系主任：「為何要驚動研究院？」他說：「大概因為研究院將來不要錄取這樣的研究生，有前科的，列入黑名單——只怕他整個論文都是抄來的嘛。」我點點頭。系主任冷笑道：「我們大學有基督教背景才會這樣仁慈輕判，在你我的母校會開除學籍，難道你不知道？」我說：「我們那時代也有人抄襲嗎？我想都沒想過。」他搖頭道：「甚麼時代沒有？簡直是垃圾，不可原諒！要是我能做主，我會要這學生馬上從大學消失，然後通知我在各大學教書的行家，叫她永不超生！」

　　可是，我沒想到自己告發了珍蕊，卻懲罰了阿朗。

　　原來，早一天珍蕊在圖書館碰見阿朗揀起那本文學雜誌，已十分警覺。她說：「可以讓我先用這本雜誌嗎？

我有點資料要翻查，求求你。」阿朗二話不說把雜誌給了她。珍蕊以為瞞過去了。沒想到阿朗喜歡文學，自己又去買了一本。

校方判定珍蕊這一科成績不及格。她卻以為那是我在濫用私刑，竟然到系主任那裏告了我一狀。黃昏時，他把她接進辦公室去，關上了門。聽說他們一直談到天色盡黑還沒離開。

我氣得連飯都吃不下。妻卻哈哈大笑：「冤氣在肚子裏面滾來滾去嗎？痛一夜，明天放個屁就好了。」我老婆是冷血的。我只是沒想到那種冤屈竟跑到了阿朗心裏去，一直出不來。

第二天，教室的氣氛改變了。大家都叫阿朗做「二五仔」，不再跟他說話。我本以為過些時他會重新得到友伴的信任，可他沒有。他一直心儀的某個女孩子，更從此與他劃清界線；他失戀了。每星期見他，他的臉都瘦了一圈，人乾瘦得像個鹹話梅。我找到機會跟阿朗心目中那個漂亮女孩談話，豈料她說：「抄書又不是甚麼死罪，何必讓人家一整科的學分都化為烏有？阿朗成績那麼頂尖，竟然容不下一個挑戰者嗎？古珍蕊好慘，我

們一定『撐』她。我就是嫁不出去也不會跟這種告密的人在一起。」我問:「可是,請你想一想:到底是誰錯了?」這位阿朗形容為「完美無缺」的女孩説:「當然是出賣朋友的人!」我聽了很不舒服,但一時間竟也覺得她有幾分道理。

一個月後的某個下午,阿朗忽然在圖書館門外蹲了下來,野獸一樣高聲吼叫,又把借來的古書一頁一頁地撕開,撕成小片放進口裏咀嚼。據説當時有許多職員奔跑過來搶救古籍,不自覺用力過猛,把阿朗按倒在地上,書卻越搶越爛了。

他住院幾天後,我才輾轉得知此事。之前我問了多次,班上都沒有人肯告訴我。

是的,那是六年前的事了,但我一直耿耿於懷。阿朗始終沒有回到大學來。他後來的情況,依舊模糊,令我非常迷惘。更匪夷所思的是:這六年內我的好同學系主任離了婚又再結了婚,也沒有人和我説──直到那天系裏大伙兒吃飯,我瞥見他錢包裏新婚太太嫵媚的照片,才恍然大悟──那位擁有博士學位的年輕嫂子是誰?原來正是當天黃昏在他辦公室裏哭成了淚人的珍蕊。

我打了一個寒顫，躲進洗手間，直到那頓飯差不多

完結。

奉獻

陳岸彰牧師昏過去之前，還聽到謙蔚尖得像刺刀的叫聲，還感到臉上一道暖暖的液體在流動。額上的痛覺迅速擴散成一塊很大很大的感官帳幕。子恆的呼喊他只掌握一半。「快！打電話叫救護車，快！……」之後，就只剩下一片很亮很亮的孩提時代的天空，上面有一些好看的蜻蜓在飛，透明的翅膀發出悅耳的抖顫。他聽到母親年輕的聲音在說：「還早呢，多睡一會兒，時間到了媽媽會叫你。」

　　童年的時間總嫌太多。他把小腳穿進大人的木屐，人高了整整一寸，世界變得清晰，腳下卻沉重。他卻並不忙著走路，脫下木屐，也可以坐在小板凳上看自己的腳趾。腳趾很奇怪，趾頭比中間的骨節圓大。他看看手

指。手指頭比較尖小。他覺得腳趾是非常可愛的東西，可以疊起來輕輕一彈，發出小小的「撻」一聲，也可以向四周岔開。他喜歡儘量把趾縫張大，然後拿那道「縫」做鏡頭，讓它追逐一隻慌忙逃命的螞蟻，有時追得太兇，人竟從小凳上掉下來了。他又愛向內反起腳板，俯下頭去聞；腳趾有一種輕微的臭味，即使洗過還是隱約聞得到。他還偷偷拿了爸爸的原子筆在五個趾頭上畫出不同的面孔：有鬍子但禿頭的是外公，有眼皮上長出許多小棒的媽媽（後來他才知道那叫做眼睫毛），爸爸戴眼鏡、沒有鬍子，妹妹額頭前面有幾條頭髮。自己眼睛最大，嘴巴向上彎。然後他看着五隻腳趾笑起來，用手把自己那一隻扳過去親親媽媽，親親外公，親親爸爸。他就是不親妹妹，因為她太煩人了。以為玩了大半天，看看牆上的古老大鐘，怎麼才過了一刻鐘？滴滴答答的鐘擺十分認真地搖盪，好像媽媽數着交給房東太太的鈔票，一張不少、一張不多，一分鐘總有六十下。他賭氣地把腳套回木屐裏，走向菜刀敲打砧板打得篤篤作響的廚房，大聲叫道：「媽媽，媽媽，你甚麼時候出來？我很悶啊。」這一個多月的暑假怎麼樣才過得完？

陳牧師是在平安夜的十一點四十八分接到謙蔚的電話的。每逢接到會眾打來的電話，他一定看看腕表。一如往常，她在哭。陳牧師心裏很煩躁，煩躁時他會不斷看手錶，看完馬上忘記時間，接着又看，如是者直到他記得為止。子恆夫婦又吵架了。在這小小的教會中，每一對小夫妻都吵，一吵就打電話來，一打來牧者就要出動。話筒裏，人人都嚷着要他和他師母明秀來評理，其實吵架的人心裏多少知道自己理虧，要陳牧師夫婦一同去，不過希望有人充當下台階，好讓自己能夠體面和氣地走下來。當牧師說：「我們一同禱告吧！」事情通常就會了結。但是，牧師不能太早把這話說出口，須知道，吵架的過程是要努力尊重的，否則牧師就失職了。身為師母的明秀常說：「我們自己也一塌糊塗，但不斷要為人排難解紛，真虛偽。」明秀的話，聽得陳牧師既擔憂又反感。她肯定是第一流師母，但做妻子嘛，不過一般。實情是陳牧師不大能夠原諒這種錯位的「一般」。情人節少送了一次花就生三天氣，連禱告都說：「求主耶穌你賜給他一點點浪漫情懷⋯⋯」那時他心裏會悄悄補充：「主啊，你也沒送過花給誰，恐怕連無花果也

沒有……」結婚紀念日忘記了更是不得了，她會一直罷工不做飯，直到他請她去吃自助餐賠罪為止。一次出差，沒趕回來過她的生日，她就跟他冷戰了足足兩個星期，害他領會眾用聖餐時膽戰心驚，心裏不斷認罪禱告。崇拜完了，正要躲開一下，但會眾那邊三四個人已比賽着向着他衝過來……

這實在太累人了。早上起來，讀一次聖經睡着三回。他脫下眼鏡禱告，卻發不出一句話。怨言他講不出口，讚美更一點不想。老實說，他只想發脾氣，但苦無對象。上星期證道的時候，剛講到以利亞對上帝發脾氣的經文。聖經告訴他：我們不開心的時候，上帝要我們吃東西和睡覺，吃和睡就是順服上帝。但是，他這些天胃口都很差，晚上還要失眠。白天班照樣上、會眾照樣見，差點累死了。孩子考試，他還得每天教他算數，因為明秀的數學實在太爛。孩子心不在焉的眼睛到處溜，他很想罵人，忽然記起一個弟兄的分享，就學着他拿起一枝鉛筆橫架在牙齒中間、用力咬下去。鉛筆的木很軟，牙齒深深陷了進去，孩子的眼睛看着他，想笑，卻不敢笑。陳牧師的好脾氣是出了名的；對他來說，順服比睡覺和吃飯容易得多了。

他又想起自己小時候做作業的光景。那時的第一大討厭作業是抄生詞。他從來不要媽媽操心，遑論爸爸了。老師在課堂上把生詞寫在黑板上，他先高速抄一次。別人還在抄的時候，他就裝作還未抄完，又抄了一次。老師說這叫做「起字頭」。到了小息，他催眠似的又告訴自己：「我要再做一次『起字頭』。」完成時，他幾乎已把最可恨的作業謀殺了一半。每逢老師進出教室、等吃飯，他都會再來一次「起字頭」遊戲。結果，還未回到家裏，作業全部解決。真的，讀書時一點不忙，回到家裏還可以和隔壁的阿鵬玩彈子，踢「西瓜波」。後來阿鵬老是被她奶奶抓了去，原因是沒做完作業。他無法明白為甚麼放學後兩句鐘了還有人未做完作業。那時他想：時間不夠用這個概念，肯定是懶人的藉口……

好不容易到了聖誕佳節，平安夜崇拜完了，聖誕、新年的講章都練習好了，明秀和兒子的禮物也預備妥當，給自己父母和岳父岳母問安的長途電話統統打過了，才不過十一點半。今天晚上，該可以休息休息了吧。明秀洗完澡，換了睡衣。她給他泡了一杯茶，拿着一張紙說：教會裏還有十一個代禱事項。

「明天才禱告好了，我想睡了。難得今晚有點睡意。」

「明天有十五項呢。今天的事今天完成，我已經替你分開兩天做啦。」

陳牧師嘆了一口氣，就坐下合上雙手。「天父上帝……我們現在奉主的名禱告。我很累。我希望你讓我有機會休息一下，只要有兩個星期就好……」話才說完，電話就響了，那邊傳來謙蔚響亮而高頻的哭泣聲。

「還要過去嗎？不要去啦，勸勸子恆就好了。」明秀壓着嗓子說。

「為甚麼只勸子恆？謙蔚也很任性啊！」不知怎的，陳牧師竟然高聲「回嘴」。

「你這是幹甚麼嘛？一開口就吵架！今天是甚麼日子啊？」不過一句話，明秀已經滿眶淚水，恨恨地看着他。

陳牧師夫婦出門的時候，他心中已經積存了太多的感覺，多年來它們一直在堆疊，如今已經漲到喉頭上來。他覺得自己忽然站在大能的上帝面前，準備跟祂好好理論一番。大學畢業時他在祂面前立志，要把一生奉獻給祂，本來一直想着如何到回教國家或非洲森林甚麼的當一個偉大的宣教士，可現在呀，可現在呀！中年的

他被困在一個小社區裏，不過想好好休息兩星期，離開一下瑣碎的家庭糾紛也沒有辦法，他的上帝為他做了甚麼呢？一個小得不能再小的男人，一片小得不能再小的天空，他更絕對沒想過要用自己的額頭擋住謙蔚用盡全力扔向子恆的花瓶……

陳牧師終於有機會休息了兩星期了。原因比較複雜：除了腦瓜外皮受損，倒在地上時腦受到震盪，腿也傷了，給一個破瓷杯的碎片割了個大大的傷口。

雖然到處都有點痛，但他真的非常享受這兩星期，在護士不注意的時候，他還像小時候一樣，看了幾回腳趾。孩子的考試不知不覺過去了，數學成績一如往常，沒有爸爸教導，一點不覺退步。明秀一生沒做過那麼多東西給他吃，雖然味道頗為不穩定。醫院很靜，他讓明秀告訴會眾不要來看望他——雖然慰問卡片、花和水果仍不斷湧來——他因此有機會看了好些「閒書」，包括孩子帶來的《老夫子》和謙蔚帶來的名著《男女大不同》。

這是他第一次真實感到上帝的日常之愛。這愛很幽默，很微妙，卻又是坦蕩蕩的，有點像中學時足球場上球友之間那不必宣之於口的、男人之間的感情。

他再一次上台證道時，縫針的疤痕清清楚楚地鑲在他正在往後退的髮線前面。講的仍是那一篇。以利亞和我們是一樣性情的人——即是怎樣的人呢？——他說。上帝一定會回應我們的禱告，即使我們不敢說出來的訴求，祂依舊聽得見。會眾都漸入夢鄉的時候，他還說了些莫名其妙的話：「在人的極限線上，上帝的愛總會以最意想不到的方式到臨——例如藉着一碗忘記了加鹽的湯，一對老是吵架的小夫妻，和一個高速飛行的花瓶——還有那只能在方圓數十里內成長和枯謝、靠一部三手老爺車行走江湖的卑微生命。這就是奉獻了。」

李先生的退休生活

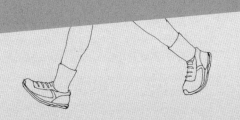

陳校長打電話來時，李先生有一點意料之中的意外。他知道對方遲早會這樣做；但甚麼時候、為甚麼打來呢？卻說不準。李先生是提早退休的中層公務員。離職前在一個半生不熟的飯局裏，知道了這胖胖的中年女人就是他母校當今的「最高領導人」。從那一刻開始，飯局就不那麼無聊了，他還連位子都換到陳校長那邊去。他當年是學校裏頗有名望的人物，因為他會跑步。但之後的幾十年裏，他再沒有得到過這種由名氣帶來的快感了，所以，對他來說，母校是很重要的。如今遇上了校長，李先生知道機會來了。他抓緊時機跟她講述自己當年如何拿下了幾枚校際長跑獎牌的英雄事跡。交換名片的時候，他用雙手抓住名片的邊邊兒向她遞過去。那上面除

了寫上了自己的公職和名銜，還有工工整整地抄在上面的手提電話號碼、私家電郵地址和自己在那一年畢業、屬哪個社、曾經做過長跑隊甚麼職位等等資料⋯⋯

不知何故，此刻握住電話筒，李先生心裏竟還生出一點點做學生的惶恐。飯局半年後的這個星期六下午，對面的那一位依然那麼有禮，每一句話都充滿尊重：「我們很冒昧，首先請您原諒⋯⋯」，李先生聽了，比吃下一磅重的和牛更受用。那時他本來正在廚房裏做西柚蟹柳減肥午餐——他要向老婆從快餐店買回雞腿紅豆冰一事表示強烈抗議。

李先生其實非常瘦，一點不必減肥，五十七歲半五十七公斤，比老婆還要輕。為了持續證明「退休不等於頹廢」的道理，他在家裏過日子，還是天天穿熨得有「骨」的西褲，也不管腿太瘦褲管空蕩蕩的頗為難看。他自覺是個一絲不苟的有用人，為了和這個社會保持緊密聯繫，他每天看三份報紙，包括一份英文的（以保持英語水平云云），一份篤定地「愛國」的和另一份死命找碴兒罵政府的。他還不時打電話到「烽煙」節目去發表意見，主持人講到老人問題時他就是退休老人，大家

討論綜援金額夠不夠時他就以清苦夾心階層自居；人家講奧運東亞運，他就說自己一度也是運動員（他確實也參加過幾次校際賽嘛）。李先生感到自豪，因為他的百變身分是自己用最好的歲月捏塑出來的，千真萬確，一丁點兒謊言成分都沒有。一次，耳朵靈敏的主持人忍不住問他是不是昨天打過電話來「反對教科書用四色印刷」的同一位李先生，他遲疑了一會，答道：「你別管，總之我姓李。」另一個主持人連忙搭訕：「李是大姓，哪一條街上沒有幾十位李先生呢？總之就是李先生啦。」剛說畢，電台就響起了報告新聞的音樂。從此李先生換了頻道，寧願多聽些商業廣告。

除了讀報，李先生每天上午還會跑步五公里。緩跑徑上，他用最慢的速度前進，細水長流，這是他幾十年來的養生原則——除非威脅他的人在身邊一步一步地進逼。假設旁邊是個年輕力壯、赤裸上身、蓄消防員平頭裝，只有二十開外的小伙子，李先生會主動跟他鬮上一段路，而且通常會贏——在他算準了距離忽然拐入廁所消失之前。但是，如果對方是個已屆中年的女子，且明顯是一曝十寒地做運動、脾虛體滿那種，他就會慢慢在

她前面移動，讓她有充分時間觀摩自己的雄姿，好讓她認識甚麼叫做專業跑手，這是給她上免費跑步課，也是社會服務的一種——直到女人不耐煩了打橫踹着草地離開跑道，他才肯恢復正常繼續跑。

李先生也寫詩，且自覺是個不錯的詩人。他每次都先用速成輸入法創作幾首言志打油詩，因為電腦工作方便，可以把字搬來搬去，輸入時它又能夠提供許多聯想字；詩寫出來滿意了，李先生就會用毛筆將「詩」細心抄好，練習書法之餘，又可以寄給自己和老婆兩個地址本上所有的親戚朋友。他肯定，但凡過了三十歲的人都懂得欣賞用毛筆寫字的前輩。他更知道自己的讀者數量絕對多過那些在文學雜誌上發表的詩人散文家。能文能武之外，李先生還非常自律，他不喝奶茶咖啡，規定自己上網（包括回答電郵、瀏覽新聞、轉寄那些有話有音樂有哲理的 PowerPoint、介紹親友吃健康防癌食品、搜尋自己的名字等等）全日加起來不得超過三小時。還有一點，別的男人絕對無法做得到：他看電視只看國家地理雜誌、新聞和體育頻道，看足球也絕對不賭錢（只會跟老婆用真金白銀來打賭）。他當然也大力反對年輕人

滿口潮語和懶音，對後輩的英文水平他更是看不順眼，因此經常寫信到報館和電視台去投訴主持人的表達能力。他最有原則：每天堅持等老婆下班回家做飯、洗碗，因為那是女人的工作。他知道自己已經為家庭作了極大的貢獻：舉凡曬相、配鎖匙、通水喉、修理家居用品（他當然也曾經是曾Sir的忠實聽眾與提問者）、弄乾衣服（就是把老婆上班前洗好的衣服從洗衣機拿出來放進乾衣機）和每星期拿舊報紙去賣掉他都做。可惜，即使完成了這一切，他的時間還剩下許多，於是他想：有一天我必定能夠做一些報答社會、大有貢獻的事。老婆說：「不如去老人院看看你阿媽。」每次這樣，他總不答，目光從老婆的鼻尖移到自己的鼻尖，然後滑落報紙那些煽情的社評上，那是漸進老花鏡惟一清晰的視區。他心裏嘀咕：「去看阿媽，怎能說成是對社會大有貢獻的事呢？婦人之見。」……

這時，校長在電話裏繼續說：「算起來，我其實是您的小師妹……」他「啊啊」地歡喜得不知道如何反應，良久才道：「陳校長難道也是我們中學的舊生嗎？是哪一屆的呢？如今回饋母校啊……」

「不，不，您誤會了，我想我們可能是同一家大學的吧——我中學時讀的是女校——像你們讀男女校的才叫多姿多采呢！」對方說。

「呃，對，對，同一家大學，那自然，自然也是師兄妹啊，榮幸，榮幸。」此時，老婆正用門牙扯開一隻鹵水雞腿的皮，含含糊糊地說：「那時代的大學生誰不是誰的師兄師妹呀？起碼有一半機會啦……」李先生瞪了她一眼。電話筒裏忽然充滿了雞腿的肉香，和他肚子裏湧出來的西芹味混和在一起，使他不得不咽下一腔口水。

「我這一次打電話來，是想請您做我們學校，啊，也即是您的母校——的演講嘉賓和長跑隊的——對了，您現在還有沒有跑步？」

「當然有！啊，是要我當教練嗎？這個工作呀，義不容辭，義不容辭。我不會收任何工資的，我等了好久了，就為了這個機會，我一直練跑呀，太好了！」

「哎喲，李先生您真會說笑，我們哪裏請得起您這樣級數的前輩來當教練呢？現在的教練是一位年輕人，雖然沒有李先生經驗豐富，但他也是蠻認真的，曾經代

表香港參加國際賽，而且有體育系的高等學位，我説嘛，這也勉強可以了。」她婉轉地解釋完畢，就把聲音提高一點點：「我們的長跑隊這些年來都拿頭幾名，已經開始有點名望了，孩子們對學長前輩也非常景仰，大家都希望找到一位舊生來做我們的『榮譽隊長』，意思是我想邀請李先生作集會嘉賓——下星期二第一節課開始之前，先為全校來一個演講，把你奮鬥成功的長跑歷程給晚輩們說說，領導他們踏上自己的人生路。薪火相傳嘛。」李先生聽到這裏，整片耳朵都融化了。在上課前給全校演講，擔任榮譽隊長，這才叫回饋社會、提攜後進啊……

從那一刻起，他每天洗澡、乘車、跑步時莫不盤算着要跟學弟學妹説甚麼，非常認真地預備了幾天，即使用 10 號字來輸入，講稿長達六張 A4 紙。但是，到當天他才知道，原來演講只是在周會裏例行公事地説十二分鐘（他看着手錶一直算着），他才講到自己在初三時考進了長跑隊，還未有機會提及如何史無前例地為學校拿到丙組的第三名，時間已經沒有了。剩下的三分鐘，孩子們用了三到五秒來拍手，另兩分來鐘胡亂地唱了校歌和祈了禱。李先生下台的時候，校長早已離開了禮堂，

聽說到外面開會去了；應他的緊急要求帶他上洗手間的，是一位陌生的女教師。

他在裏面丁丁咚咚的時候，那位女教師竟還站在門口的等他，實在多禮，李先生非常感動。他匆匆洗完手出來，那位教師說：「我代表校長感謝您，李先生，我還有課，不能送您了，左面出口外經過停車場，從盡頭的閘口出去，再向斜坡往上走七八分鐘就有接駁地鐵的小巴了，還有，校長說，她歡迎你隨時回到母校來。」李先生覺得很受用，連連點頭表示明白，更伸出右手想和她相握。對方卻故意做了一個撥劉海的小動作，然後揮臂說拜拜，巧妙地避開了他的手。他這才想起自己剛剛如廁回來，指頭還溼得滴水。他有點失落，但是他的臉還是微笑着的，尤其當一整班校服小子在老師的監管下眼瞪瞪與他擦身而過。可惜，校長忘記了和他談談榮譽隊長的細節，看來要另找時間打電話問清楚，以便開展實際工作。

生活又回到常軌，每天看報作詩寫投訴信對抗老婆在生活小節上擺出的種種引誘和到公園去跟假想敵鬥跑⋯⋯但他從未忘記榮譽隊長的使命。一天早上，他

實在忍不住了，拿出一叠退休後自行印刷的名片來，在「珀雅書法學會創會會長」、「遠志詩會常委」等等名銜之外，用細管水筆又加上了「澤堂中學長跑隊榮譽隊長」一行小字。寫了十來張，有點累了，就起來伸了個懶腰，挑出其中寫得最好的一張來欣賞，這一張要留着作紀念，次好的就送給校長吧。他決定了，他這就要給校長打一個電話，一個人總不能白佔着職銜而不做事的。

「澤堂中學。」一個女人的聲音。

「啊，是澤堂中學嗎？」

「找誰？」

「請問校長在嗎？」

「誰找校長？」

「我是 …… 以前是 …… 長跑隊的，哎，我是一個練長跑的舊生。」

「一個舊生找校長。中一的學位早滿了。就是舊生的孩子也不收了。」

「中一學位？」

「要不要留口信？」

「要，要的。」

「貴姓？」

「小姓李。」

「姓李的校友找校長，對不對？」

「姓李的練長跑的校友，就是來演講的那個。」

「姓李的練長跑的來演講的那個校友找校長。電話？」

「電話？」

「你的手提電話號碼，請說！」

「其實校長有我的名片，她也打過電話找我，而且……請她來聽電話，好嗎？」

「請說你的手提電話號碼。」

李先生很無奈，說了一遍。對方停一下，讀了一次，聽錯了兩個字。李先生又說了一遍。這一次她抄對了。「校長回來我會告訴她。」

「她不在學校裏嗎？甚麼時候回來？」

「出外開會了。她回來時你再打電話來。」

「她甚麼時候回來？」

「不清楚。」

幾分鐘後，生活再度由日常站台啓動，好像從未脫

離車道：李先生去乾衣、如廁、剪腳甲、看報屁股上的文章，直到老婆下班。開門時，李先生忽然對她說：「你們女人就是莫名其妙地討厭。」老婆看看他，也不激動，只說：「你阿媽問我為甚麼你不去看她。她又以為我是你在多倫多的大姐了。」

打過三次電話到澤堂中學之後，李先生確定了。那個接線生根本硬要把他擋在校長室的門外，那種人必是「揸住雞毛當令箭」的傢伙。如果自己有朝一日見到校長，一定要告她一狀。但是，怎樣才能夠見到校長呢？不錯，直接到學校裏找她就行了，再不然就寄信，信封上面寫上「私函」、「親啟」等字眼，必萬無一失。

李先生終於在一個午飯時間隨着人流走進了學校。起初沒有人理他，大概以為他是個推銷員甚麼的。學生都沒注意他，橫衝直撞的孩子撞得他幾乎跌倒，但他們伸伸舌頭就跑遠了。李先生經過球場，赫然發現一隊穿着運動衣的孩子正在積極練跑。那不就是他的「隊員」嗎？他故意站近場邊，等他們繞過來。來了，來了，李先生很興奮，用手做了一個臨時「大聲公」，喊道：「好，跑得好！喂，你那個腰板要挺起來；你呀，那邊的那個呀，

不要讓頭搖來搖去⋯⋯」孩子們一面跑，一面看着他竊竊私語。遠處一個高挑的年輕人大聲一呼，嘩，聲音好響：「你們在那邊幹甚麼？還不過來？」孩子們馬上聚集到他身邊，指手畫腳，不時回頭看看李先生。李先生站得直直的，交手微笑。孩子們又開始跑步了。他可沒注意到兩個身形巨大的校工正向着他走過來⋯⋯

　　李先生氣鼓鼓地回到家裏時，已經黃昏了，老婆正在做飯。他一肚子不高興，坐在沙發上悶聲不響。老婆從廚房探頭出來看看他，也沒問甚麼，只是說：「你的瘦雞火腿沙拉我給你做好了。」李先生恨恨地申訴：「吃龍肉也沒有味道了！」看官們且別問下午發生了甚麼事，一會兒自會告訴你。先說老婆又給他送上一杯茶：「龍肉膽固醇這麼高，你會吃嗎？」李先生看看茶杯：「哼，現在幾點鐘了？我午後絕不喝茶，你難道不知道嗎？」老婆仔細地把茶挪開，自己喝了兩口。李先生以為她會換出一杯水來，可她沒有，只是一面喝原來的那杯茶，一面說「我老闆送的上等碧螺春，真不錯，其實我只想你試一口」，一面開始津津有味地吃她的茄汁大蝦。李先生憤怒地罵道：「上天真不公平，你這種人竟然血脂

98

正常、血壓偏低，我天天這樣跑步吃沙拉，卻還要控制！我也不知道你是怎樣做人家的老婆的，竟然常常在我面前吃這些魔鬼食物，這不是要慢性謀殺我嗎？」老婆聽了也不回嘴，一盤子沙拉放在他面前，碟子碰觸桌面，鏗然有聲。李先生看着那些切碎了的瘦雞西芹紅蘿蔔和火腿絲，就想到過去幾個鐘頭的遭遇。他簡直是一塊鮮肉給醃成了火腿，臉變紅了，尊嚴壓扁了，心給切碎了。

話說回來。當時那兩個巨大的校工走過來，問他是誰。他說是校友，要找校長。校工就挾持他在校務處外面站着，一人進去問校長的秘書「老闆」是否約了人來見她。李先生在門外聽見那女子回答：「讓我看看……沒有，校長出去午餐還沒回來。她應該正在王子餐廳跟教育局的舊同事吃飯，飯後順便坐他們的車子到港島開會。」校工問：「那麼說，那個阿伯是白撞的了？」秘書問：「又是那些晨運公公要投訴我們的學生嗎？」校工回道：「晨運？午飯都吃過了耶！我這就去處理他。」李先生聽着，開始時有點不明白、不耐煩，對於「阿伯」和「晨運公公」的稱呼更感意外，但他還是接受了。一會兒見得了校長，這一點誤會雖非微小，自然也能夠處理，而

且他也很高興終於知道了校長的行蹤。

「這位先生！」校工從別的通道出去了，繞回來時帶着幾個非常壯碩的男生。「這裏是學校重地，閒人免進！要晨運也請去對面的公園。你說你約了校長，證實是假話，麻煩你馬上離開，否則我們報警！」李先生無從解釋，只好悻悻然出了學校的後門（其實是他們把他從那裏推出去的）。他跟蹌走了幾步，揮動了幾次手指，忽然記得校長正在王子餐廳用膳。於是他一面狠狠叨念着「你們這些狐假虎威的傢伙，天地不容！」一面說一面往王子餐廳走。

啊，到了！甫踏進冷氣間，李先生心頭的怒火已經消退了一大半，想到即將看見校長，沉冤得雪，他整個人更開始興奮起來。這時，侍應生趨前禮貌地說：「請問幾位？」李先生抬頭找了一遍，瞥見校長和另外兩個女人正佔用了一個大大的四人卡位，她身旁的位子空蕩蕩的，就說：「啊，已經來了。」侍應生就讓他進去。李先生整整衣履，走到校長面前，躬着腰喚了一聲「陳校長」。他肯定她會馬上站起來和他熱烈招呼，然後邀請他坐到自己身邊。

可是，校長抬頭一看，很尷尬地略微點頭，禮貌地說：「請問是哪一位呀？對不起，這裏燈光不好，我認不出來。」

　　老婆聽着他充滿怒氣的故事，還是一點反應都沒有。她把他沒吃過的沙拉用保鮮紙重新包好，放回電冰箱裏，然後開始洗碗。好久以後，她從廚房走出來，一面抹手一面說話：「老人院下午打電話給我，説你阿媽今天下午在廁所滑了一跤，昏了過去，醒來後給送進醫院，觀察了幾小時又給送回老人院。駐院護士説她可能有點輕微中風。」説完就把垃圾包起來，帶了手提包，踹進鞋子逕自出門去。李先生怒道：「又要往哪兒去呀？我每次跟你説話，你就借故走開，你是怎樣當人家老婆的呀？……」可惜老婆的聲音已遠：「去扔掉垃圾，然後去看你阿媽。」

陳老師的
星期六

——獻給本港教育界同工

雖然老大不願意，陳老師大多是在學校裏度過星期六的；不是得約見問題學生的家長，就是要訓練朗誦隊用粵劇腔調「呼號」徐志摩或何達的詩，要麼就是把校監夫人的講稿校對十幾次，電郵來電郵去的，到稿子面目全非，在落日的餘暉裏，對方終於勉強收貨，收貨了，自己還得恭恭敬敬地說謝謝。當然還有「正常」的開會、開會和開會，還有帶隊出外聽演講、聽辯論等各種各樣的事務，叫她多年來不停盼望周末的降臨，又不停失望地看着它消失。母親從番禺打電話來，每次都問她為何不上去看看她和老爸，又試探她是否正在蜜運，陳老師一聽到這種話就要生氣——如今做中學教師的，哪來時間談情說愛？母親卻不明白，還說你都三十三了，怎麼不老實點就找個好男人？陳老師聽了更是怒火中燒，卻

礙於自己天天教授的中國傳統孝道，不好發作；但一掛線她就對着電話筒怒吼：「不錯呀，我是老姑婆啦，那又怎樣？這個家還不是由我來撐住嗎？」

今天是個奇跡：這個星期六沒事要回學校做——記憶裏沒有，記事本上也真的沒寫。

難得一天假期，陳老師決定好好享受一下。一起床，她就想先到街上走走。她套上顏色鮮亮的拖鞋式涼鞋，出去買報紙，買抗敏牙膏和煮好了的軟花生。她當然還要租一張影碟來看。陳老師對影碟要求不高：只要沒有大災難、故事不太繁複、沒有人會死、有一點點愛情、最後大團圓結局的就好。不知怎地，她開始教書的頭兩年，還可以看一點點沉重的東西，即使是《舒特拉的名單》之類的片子也不怕，現在竟都不敢看了，放假還要繼續接觸這些人間慘劇，會變瘋的。最後，她還必須為自己煮一鍋老火生魚湯。近來太沒精神了。父母遷回番禺以後，她一次生魚湯都未吃過。一想到那些浸透了魚肉鮮味的淮山、茨實、玉竹和蓮子，還有蘸上醬油、煮爛了的瘦豬肉，她的口水就從心底湧到舌面上來。想着想着，陳老師已快步踏進了菜市場。

但她隨即有點後悔了。一進入廣東人所稱的「濕街市」，地上的髒水就無孔不入地湧到腳趾之間，拖鞋的自由開放帶來的是黏稠的不安。但想到湯水在瓦鍋裏開花，生魚的營養和美味點滴進入口腔，進入身體，進入腦袋，最後變成了精神和體力，她就開心愉快。淮山杞子茨實瘦肉都有了，購物袋開始沉重。陳老師拐了個彎，轉入最裏面的魚攤，買了一條充滿活力的生魚。

　　回家洗過腳，陳老師卻沒馬上做湯。她心裏尚有一點點不安，老覺得有些事要確定一下。為了能夠放一天百分百的好假，她決定打個電話。首先打給上司。中文組的主任張老師正帶着中四學生在中央圖書館聽作家講座，聲音低沉地告訴她他不便多說。陳老師識趣，馬上掛線。接着，她打電話給比較相熟的英文科同事 Mrs Lee。Mrs Lee 在電話裏說她正在分區體育館看乒乓球賽。「看球賽？」陳老師很驚奇。Mrs Lee 解釋：其實她是在帶校隊出賽；原來兩位體育老師分別領着孩子參加男甲足球和女乙籃球比賽去了，男丙乒乓球，難道不是四體不勤的女先生唯一的選擇嗎？行年五十，一切都「看化了」的 Mrs Lee 又說：反正輸了也沒所謂，「幸

好」乒乓球是學校的弱項。不錯，她真是幸運。陳老師放下電話，手開始有點抖震。為甚麼大家都有工作要做，而自己卻可以放假呢？

她赤着腳走到廚房，拿出生魚，那魚突然使勁彈跳，嚇得她「哇」的一聲慘叫起來。此刻她忽然記得母親以前總是先把魚摔死在地，才拿來做湯的。不錯，生魚是要摔一摔的。為免腳又弄髒，陳老師走到廳上，把球鞋穿上，認真地繫好鞋帶，像馬上就要出征的軍人。

她再次打電話給 Mrs Lee，問她必須摔摔生魚的緣由。Mrs Lee 說：你不知道嗎？你們這些年輕人真是！摔一摔，是因為要確定那條魚不是「化骨龍」：「如果牠給摔得頭暈眼花時，竟然伸出小腳仔來蹬人，那就是化骨龍了。化骨龍的樣子和生魚一樣，有四隻小腳，平日全收藏起來。人不慎吃了這化骨龍，內臟就會給化掉，受害者必全身癱軟，變成一堆白骨。」陳老師聞言嚇得呆住了——Mrs Lee 有兩個碩士學位，竟也這樣說嗎？此時，對方鄭重吩咐道：「還有，你一定要把豬肉放在一起煮，如果湯煮好時連豬肉都不見了，那就說明連肉都給化骨龍化了，果真如此，你千萬別碰那湯。」

陳老師拿着話筒的手抖得更厲害了。最近，她的手常常發抖。但她對這駭人的理論仍半信半疑；Mrs Lee雖然滿口英語，人畢竟老了，不免有點迷信。陳老師於是打開電腦，上了網，謹慎地着鍵入「化骨龍」三個中文字。找不多久，果然看到了這一條：「1983年，香港首次發現『化骨龍』。發現者從市場買了一條生魚回家，做湯前照例一摔，誰料牠伸出四條小腿，發現者馬上把牠放歸水裏，打電話通知傳媒。」

　　陳老師呆住，好久，才從椅子跳下來拿毛巾抹掉額頭上的汗。她又打電話了，這次找的是教生物的劉Sir。劉老師毫不客氣地說了「正在補課」四個字，就「卜」地掛了線。陳老師有點尷尬，又回到廚房看那條魚發呆。一分鐘後，她按下了化學老師Miss Lam的號碼。對方正在教員室改測驗卷。陳老師說：「我想問你一個化學問題……」Miss Lam馬上擋駕：「我不行的，你去問科主任嘛！」陳老師解釋說：「哎，這個……男人是不懂的，千萬不要去問他。」Miss Lam聽了，竟然興奮起來，好像找到了知心友：「啊？原來如此，你的荷爾蒙分泌也出現了問題嗎？我們這麼忙，沒問題才怪

啊，我也……」陳老師不理她，單刀直入地說：「有沒有一種生物，用來做湯，吃了讓人只剩下一堆骨頭的？」對方尖聲叫起來：「嘩，你想毒死誰呀？」陳老師說：「我……只是想問你到底有沒有聽說過化骨龍。」Miss Lam 如釋重負：「當然聽過！我爸就是這樣呼叫我和弟妹的。」陳老師解釋了大半天，依舊沒法讓對方明白，只好又掛線。但她想，如果「化骨龍」一詞流行如此，這種生物大有存在的可能；不怕一萬，只怕萬一；對了，校工蓮姐一定會知道的吧。但是，誰有她的電話號碼呢？校長有。但是，難道為了煮湯勞煩校長嗎？想起校長，陳老師又對着生魚發呆。生魚和校長喚醒的感覺，有一點相似。但似在甚麼地方呢？卻說不清楚。

陳老師又鍥而不捨地問了好幾個人。鄰居張太太說先摔死生魚不過是為了方便；六姑婆卻一口咬定那毒龍傳說是千真萬確的，當年在省城就有甚麼甚麼人給害死了；九叔公卻說那可能只是清末民初某些才子用來諷刺時弊的比喻……

陳老師放棄了。她把買來補身的生魚扔到垃圾桶裏去，一面看着牠掙扎，一面想：這賭不過，我的小命

要緊。這生魚在垃圾膠袋裏扭動着，好像有無窮的生命力，發出極其刺耳的聲音。這時，電話鈴聲大作，陳老師幾乎沒給嚇死。原來是校長忽然打電話來了。陳老師想，不如趁機問問他可有蓮姐的電話——但是，她馬上警覺了，給自己的問電話念頭嚇得心驚肉跳，比剛才聽見化骨龍的故事時更害怕。她慌張地搶着說：「啊，校長，是您……我剛剛要出門回學校呢！」校長說：「是嗎？我其實只想問你……哎，你反正要回來，我們見面才說吧，我等你！一會兒見！」陳老師放下話筒，彈跳而起，把淮山杞子茨實瘦肉統統塞進電冰箱裏。那不太沉重、沒有人會死、說一點點愛情故事而又必定大團圓結局的影碟呢，則仍扁扁的躺在桌子上，尚未打開。

陳老師奔跑到樓下，胡亂買了一盒叉雞飯，一手捧着，一手伸得長長的截的士。車上，她套上了安全帶，閉目爭取十分鐘的休息。但在跳動不止閉合不全的眼皮下，校長的臉好像那條生魚一樣翻騰扭動，不時人立說話，有時卻伸出許多揮動不止的小腳，要把整個身體舉到垃圾桶外面來。陳老師雖已上路，但垃圾袋仍在耳畔茲茲作響……

毛衣

那是個寒冷的晚上，他迂迴地把我帶到南區一個棄置的小碼頭。支撐着碼頭的幼木條越長越高，我們遠遠離開水面，給懸掛在深夜的中央。

　　他向海坐下，雙腿在水面上晃，皮靴一下一下地敲打着木條。他喜歡那個危險的座位，好像只有這樣，腳底的自由才得到徹底的證實。我不喜歡坐，我總是站着。太冷了。我更不想喝他給我買的麥酒。麥酒的美味區太窄：暖的時候像尿，難以下咽；冷的時候入口叫人更冷。我把自己安置在路燈光域的核心，這兒比較暖和。

　　做他女朋友好一段日子了。但我覺得自己只是一個容量特大的污衣籃，一個跟着他到處吃吃喝喝走走停停的身體，一個給七色彩筆胡亂填滿的日記本子。下雨了，

我用細小的肩膀填補他臂彎不常出現的空落；天晴了，我去看他打壘球、打曲棍球、打棍網球⋯⋯打那些我連聽都未聽過的球。第一次跟他約會，我剛好要在教授出國前交上碩士論文的一整章，熬了兩個「通頂」。他當然還不知道甚麼叫做碩士論文，他不過三年班，比我低一屆。同學說，他好像特別喜歡比他高一兩班的女孩子。那天一早我交了作業，才剛睡着，他就到研究生宿舍敲我的門，挾持着睡眼惺忪的我去划獨木舟，說要慶祝歌頌我的失戀、給我機會重獲新生云云。一個多小時後，我們在北潭涌海面上晃動。我吃着大北風，幾乎給吹得暈過去了，他卻還在後面抓住我的手，要我怎樣怎樣把長槳插進水底用勁。那一刻，我的感官都麻木了，只知道他身上那件粗糙磨人的毛衣非常堅持地抵着我快要結冰的後腦勺，那是當時唯一的良好感覺。

我果然着涼了。接着幾天，我發冷發熱，苦口噁心，全無胃口；人本已消瘦，現在更虛弱了。醫師囑我用幾服小柴胡湯。他聽從指示，按照方子買了藥包，還給我煎了來，監督我喝下。我一面喝一面想吐，一面卻感激涕零地問他怎能夠在男生宿舍煎藥。他說，那是四嫂在

大廚房裏給他煎的。四嫂是男子舍堂的女工。男孩們去她那兒撒嬌，她就會為他們赴湯蹈火。今早他裝病，扎着一頭亂髮把藥包遞給她，她就把包包煮成一碗苦茶，親自送到他房裏來，更要他在她眼前喝光。他當然沒喝，放在保溫杯裏，帶出去上課，四嫂只好送他出門。他說，我怎麼能喝？那是你的藥，人人的病都不同，人人的藥都不一樣。我心裏嘀咕：真是廢話。他又告訴我，四嫂疼他，十分正常，平時只要他說一聲「我不舒服」，所有女子從老到少包括奶奶姥姥媽媽姑姑老師教練和所有女同學都會馬上放下手頭的一切，跑來照顧他。現在，他反倒坐在床邊專心照顧我了，所以理論上我是全世界最幸福的女子。我問他是不是因為自己把我搞病了，心裏內疚。我怕他分不清內疚和喜歡。他說他很少感到內疚，除了那一次——但他說我還不夠資格問是哪一次，要我好好被他照顧一陣子，他才會告訴我。

我讓他為我蓋好被子，自憐地說：我生病的時候，通常只懂得去便利店買頭痛藥，然後兩顆兩顆地連着咖啡吞下。他聽得皺眉搖頭、唧唧有聲地表示我這樣實在不自愛。說到自愛，我確實有點不逮。我回嘴說：頭痛

藥裏本來就有咖啡因，用咖啡送服，並無不妥。他聳聳肩，誇張地打了個寒顫，然後把保溫杯隨手擱在書桌上，最後還是我爬起來拿去洗淨了。這時我第一次正面看到他身上那件毛衣：土黃色粗毛線打成的，與其說那些是毛線，不如說那是一堆粗糙的繩子——這樣的纖維可一點不保暖啊。可是他從來不怕冷，有了這毛衣，就不必再穿甚麼大衣風衣了，好像它可以抵擋任何陰雨寒風。他身高超過一米八，這毛衣雖然夠寬，可也太短了，他低腰牛仔褲的褲頭常常露出來。他舉起手來的當兒，我甚至清楚看得到他黑色的內褲。每次見他這樣失態，我必趕緊伸手把他的毛衣往下拉，好像這一來就拉緊了他的手。他舉着雙臂，頭顱朝腋窩垂下，眼睛找到了我，必說：「你又在拉甚麼？你真矮。」然後他會彎下身子，像抱孩子那樣把我整個托起來。我每次給他的大手舉在高空，就覺得頭暈眼花。他看見我皺眉，把我放回地面，牢牢地擁着我。他非常喜歡看見我天旋地轉，因為他認定我在撒嬌，並且因此感到滿足。只有老天爺才知道我從來不撒嬌，我只是神經衰弱，而且畏高。

　　我以前的男朋友不那麼高，只比我高大半個頭，但

他比我長兩歲。我喜歡自己比男朋友小。他不煎藥，只會給我買頭痛丸，但連牌子都故意買錯——他總是買了那種沒有咖啡因但毫無止痛作用的著名安慰劑。他是醫科學生，堅持這一種更安全，我只能相信他了。他的好，還在於他會給我預備暖水和清洗咖啡壺。我發燒，他就用酒精紙片給我細細地擦拭手腳的關節，助我退熱。他還能夠把一個橙利落地打開，迅速去掉白色的纖維，一瓣一瓣地送到我嘴裏，真是神乎其技。我看着他的手指在動，心裏就生出莫名的感動。但是如今的這個他呢，在我頭痛時還會敲我的百會穴，一面胡說：「頭痛不過是你的錯覺。」然後我還得陪他去看科幻電影。戲院裏，我挨着他的粗繩毛衣打盹兒。頭痛的感覺能通過醒與睡的邊界，走進夢裏繼續折騰我。醒來時我依舊覺得痛。身邊的他卻看得津津有味，大概還不知道我曾經睡過。

因此我現在還說不準自己有多愛他。他好像永遠那麼快活，他越快活，我越寂寞。他三年級了，從來不理會功課，但測驗考試交 paper 一概難不倒他。有時我說：明天又打球了？他說：不是跟你說幾次了嗎？這是 champ fight 啊。你來幫我拍照吧。好的，我說。不過

——他竟然事先聲明——贏輸都不能陪你吃飯了，兄弟們要麼去慶祝、要麼去買醉。沒關係啊，我答應着，明天才説。

這一類的明天來了又去，我漸漸學會看壘球賽了。打球練球的時候，他都會先脱掉那件大毛衣。裏面直接就是舍堂的球衣，那棉質布料無間隙地裹着他溫熱的身體。他隨手把毛衣拋給我。有時力度不準，它落到水泥地上，或泥土上或枯乾的草屑上。我總會走過去撿起來，拍了又拍，抖完又抖，把枯草逐片拔掉。接着的兩小時，我會擁着它，坐在體育中心的長椅上重讀各種各樣的愛情小説。

我知道自己喜歡看他的頭髮，那自然地豎起、又長又亂的硬髮從來不會把眉頭眼額遮住，也從來不必刻意梳理，摸起來有點棘手，因而極具質感。我喜歡他的眼睛，因着一個薄薄的眼袋，他不笑的時候它們仍充滿善意和喜樂；他胡思亂想時，它們仍好像在欣賞着甚麼。我當然也喜歡他的鼻子，修長而敏感的有禮貌的鼻子。他是那麼高大的男孩，一抬頭看見陽光就會打噴嚏，打的時候只會不成比例地輕輕「哧」一下，那聲音，像小

嬰孩打嗝。我喜歡他的嘴巴。和眼睛一樣，那是不必動用任何肌肉就會笑的嘴巴。有時他的下唇會爬上來按着上唇，那表示他的勁頭和決心都醒過來了。全壘打之前，那是必然出現的小動作。但我還不大肯定，這種種的喜歡加起來是不是就能變成不可逆轉的愛情。

但他最吸引我的地方還是那一段歷史。他與我的中學同學過了大半年同居生活。多虧這樣的過去，他和我如今在一起還說得上稱心如意。有恃無恐地，我小小的影子落入他大大的黑蔭裏，我們彼此追隨。如今，我讓很多一年級的小女孩切切羨慕着。

小碼頭越升越高了。他開始不再胡說安打、飯局、心理狀態、八十後、自顧偏差等等無聊東西，也可能他知道我已經在路燈下面找到了自己位置。我瑟縮着，把兩手藏在褲袋裏，因為我不必像他那樣握着那罐又苦又冰的麥酒。此刻，到處都是風聲水聲，夜意深濃，我感到自己也有了一點點飄零或抽離的平安，去包容他的自我。是的，他非常自我中心。即使到教會去做義工，即使蹲在天橋底和露宿者說話，即使義務替我弟弟補習英文，即使每星期到石板街去餵流浪小貓，即使他說他不

能容忍自己對我有任何隱瞞而鄭重把我帶到這個寒冷的小碼頭。我的心還是懶懶的，繼續飄離他坐着的地方。

在浪聲的掩護下，他開始黏合我所知道的某個故事的碎片。這種緩慢的揭盅，流程非常詭異。好像砌圖的小片兒，給人分開了兩堆，現在全升到了半空，自行組合；又好像命運忽然有了自己的意志，命令我們一面創造回憶的細節，一面帶着原諒這禮物，接納整幅大圖畫的不由自主。他的故事，我已經知道一半，但我還是抗拒着、修改着、咀嚼着那種尷尬和悲苦。我還自衛地想到：他要把我知道的那一半全然消滅，用他的版本來代替。這當然是不可能的。「那時我念二年級。她三年級，暑假就畢業了。我們決定搬到大學附近一起住。這就是說，我們同居了。」他把「同居」兩字特別用力說出來。那個她，正是我激情而俊俏的中學同學。他說：「她決心用最好看的笑容去對付同學們眼光：疑問的、嘲笑的、責難的…… 一下子全都被她貶為無聊與低賤。看，這當然也包括你對我們的看法。她的理論是：對所有的關心和訕笑都一視同仁，就能夠侮辱對方了。可是，我沒法進入這種輕蔑裏。知道嗎，我還注意到，你總能讓

她生氣。」

　　我算是想起來了。「那時候我也碰見過你倆，當然也見過她的那個笑容——」我說時，也記起穿着中學那條短裙子的她。我的校服已經夠短了，但她的更短。誰問起她，她就說，那是因為她長高了，且總會走過來站在我身邊，和我比高，證明她沒說謊。她確實比我高，一點一滴地，我們的頭頂出現了一眼就見出的高低。雖然長得高從不是我的終極夢想，但我還是不高興。

　　「我原以為任何一方找到工作，生活就會穩定了。但是……」他停住，看着我，好像在等待我把故事接下去。

　　我帶點英雄主義地滿足了他的欲望。「——但是她不要任何正常穩定的關係，是不是？那太平凡，太不浪漫，而且安樂和幸福還會讓她的對手失去光彩，叫她的意志失去奮鬥的動力。」我接上了，心裏還多加了一句：「但我才不要成為她的動力。」

　　「你很了解她。」他回過頭來看着我，好像第一天認識我。黑暗中，我卻看不清他的臉。估計我一定蒼白得像個懂得「他心通」的女鬼，所以他很快又轉臉而去，面朝大海了。

我說：「當然啊，我們是同班同學，大家在童年的邊緣就認識了。」我還記得她的大圓頭鞋子和格子圍巾。中三那一年，她忽然主動跟我要好。於是我也買了丁字帶鞋來穿，脖子上也掛上相似的蘇格蘭格子圍巾，以致低年級的孩子常常以為她就是我、我就是她。

　　「她也很明白你——」他的話好像小木條下面的回擊浪：「所以她不大喜歡你。」

　　我厭煩他故意把話說得太輕，太沒邏輯（畢竟他只是本科生），心緒躁動。他是我們少年時代的局外人，不該卡在中間。我想盡辦法把聲音裝扮得溫柔：「何止明白呢？小時候，我們一直掙扎着要刺激對方，如同一個人心底兩個對抗的聲音。不過，這些都過去了，都不要緊了。」

　　「嗯。」他應道，但這一次沒有回頭。「嗯，是的。」他又重複應了一次。「所以說，我認識你很久了。」

　　北風正急，我聽着冷得牙齒打顫，這實在讓我反感。他甚麼時候真的認識我了？大家剛好都寂寞，偶然在圖書館碰上，只此而已。港大這麼大，人流這麼散亂，要找個固定的伴兒本來就是很難的。難得遇上了，我們就

決定去吃一頓午飯；接着，我們又吃了好幾頓午飯，只此而已。到我們忽然發現自己成了同學們例行公事的取笑對象，形勢就固定了。只此而已。誰敢説誰了解誰？只此而已。

突然，他站起來，脱下他的粗線毛衣，向我拋來。他老是在毫無預告的情況下把東西拋給我，根本不理會我是否接得住。我本來就不想接，怕他身上又只剩下那件薄薄的舍堂汗衫，會給冷着。但我錯了。那裏面，意料之外地露出了一件奶白色小羊毛線名牌昂貴軟毛衣，它柔和地賴在他的多彎的肌肉上，像他的皮膚一樣貼服。看來他今天有備而戰，保暖衣服不夠的是我呢。毛衣繼續飛向我，像一道泥土色的虹，看着就叫人感到喜悦。我貪婪地伸出兩手牢牢抓住它。糾結不清的大毛線很有質感。許多年後我跟別人結婚懷孕、挺着大肚子時仍穿着這件寬大粗疏的毛衣。

那一刻，我發着抖，把它套到自己身上，好像經歷到從未遇上的拯救。他的聲音變得模糊，我又回到了自己的核心裏去，想起自己正在失戀。

他繼續説：「我很愛她。」説完，想一想，又回過頭

來補充道：「但我也會努力對你好的。」

「謝謝你。」我衷心道謝。

「我也謝謝你相信我。她從不相信我的愛。她多次説討厭婚姻，但有一天卻忽然問我會不會跟她結婚。」

我有點驚奇。但這驚奇卻來得頗為秘密，我不動聲色，黑夜也沒出賣我，他肯定看不出來。我想起我野性而漂亮的長髮同學和她精心打理的劉海。初中的小孩子一次又一次來問我們誰是誰的時候，她一手撈起我的辮子説：「看，她的辮子很幼，是不是？而且，我是有劉海的；她呢，把頭髮往後梳，整張臉都露出來了。還有，我不是比她高嗎？很容易辨認嘛。」那時我對着小孩們笑，其實我已開啟了心裏最隱蔽的防衛機制：我開始看不起她了。去年，她和穿長靴的他走在一起，她的腿又長又直，頭頂剛過他的肩，兩人非常匹配，直是一對璧人——僅是一對璧人，啊，只此而已。我在校園的長樓梯上大方地跟他們打招呼。她説，這是我的男朋友。我對他甜甜地笑了。那一次，他半瞇起的眼睛竟然充滿了誘惑，看着我好久好久，好像我是他前生的故人。

她的激情和美麗教人想到熱戀，那種只可以用嫉妒

來點燃的熱戀。我跟他，大概會成就另一種的局面。他說我是冷感的，如果她是酒，我只能是廉價的香片花茶。我記起勞倫斯小說裏由肉體指導意志的卡娜和完全壓倒情欲的米利暗。我堅持保羅是喜歡米利暗的，直至我發現勞倫斯是同性戀。至於他……也許他連同性戀都不是，是自戀。我倆都比他大一歲，但我個子小，他輕易就能用高大的身體來掩飾這種不協調。但是，以往在她面前，他就是小，小孩子氣的小；如今他卻常常對我說：「你那麼小，那麼小啊，我好想把你弄成一個手球，不，一個壘球──用手搓成一團，放在下巴，放在心口，放在額頭上和臉上。」但是，天知道，他每次拿起一個壘球，都會用盡全身力氣把它扔到老遠。一次，我在球場旁邊偷偷撿起他那巨大無比的壘球手套，把自己的手伸進去。手套非常沉重，我的手指小得荒謬，最可怕的是：我甚至感到指頭在收縮。

我用勁把自己平靜下來，問道：那你的回答呢──她要結婚，你怎麼回答她？

「聽到她這個問題，我一時呆住了。還來不及說話，她已哭着跑了出門外。」

「哎，你不該呆住了。」我一聽，就知道發生了甚麼事。中四那年完了期考，同學們興致勃勃地跑往操場打排球，忘記了特別知會她一聲，她竟難過得躲在洗手間哭，沒完沒了，對我訴說大家都不理她了，最後哭得氣道抽筋，差點沒住進醫院。同學們排球沒打成，心裏更非常內疚。那時我想：你跟着大夥兒一同跑下球場或大叫一聲我來了或伸出雙臂對準排球一托起不就成了？哭甚麼來着？那時的我非常看不起她。現在的我聽見她奪門而去，感覺還是一樣強烈——那是她操控玩伴、操控男人的方式——她要女孩們內疚，她要男孩們更內疚。此刻，我站在他後面，黑暗中輕蔑地揚揚眉頭。

「當時我確實只能呆住了——你能不原諒我嗎？我只是個大二學生。」他說：「其實，那一刻我心裏冒出來的是興奮。我開始相信她真的愛上了我——但是，半分鐘後，我發現自己陷入巨大的苦惱中。我怕她真的愛我。我還只是個大學生。」我在他後面點點頭。這才是誠實的話。「你現在也還是個大學生呢，真是！」我取笑他。他瞄我一眼，揮揮拳，好像要打人。我確實不該說這話；因為一說完，我就覺得自己有點太老了。雖然只長他一

歲，身為研究生，怎麼可能跟一個本科生走在一起？姊弟戀，可怕的名詞。這是面子問題。

「後來呢？」我問。

「過了半小時，我打着傘到街上找她。她果然醉到了，坐在一個我能找到的地方低聲哭。她就坐在街口的燈柱下。」

「找到就好。」我說，偷偷離開了路燈的光暈，坐到遠一點的陰影裏去。那一年，她耍脾氣從學校走了出去，老師同學都焦急死了，我說，到街頭的天主堂去找吧。不出所料，她不會走得太遠，太遠就沒有人能找到她了。

他不說話，靜靜地望着黑色的動蕩的海面。漁船微弱的燈光在浪聲中晃蕩。此情此景，讓我想起鍾偉民的〈蝴蝶結〉，在詩人眼中，愛情堅頑如死亡。連聖經都這樣說。但世上多少人享受過真正的愛情呢？對她來說，愛情只是一種昂貴的測試劑，但再昂貴，代價她都會付，就像沉溺毒海的人傾家蕩產還是要吸毒。沒有它，她就不能證實自己的價值。但是，對他來說，這種試劑的副作用很大，他為她倒下了很久，我也為他心疼了好久。「找到就好。」我又重複說。

「之後我發現她懷了孩子。」

「哦！」我第一次按捺不住，驚訝湧上嘴唇。他看見了我的失態，我也注意到他為了我的反應動容。

「當時我說，我會考慮註冊結婚——」他繼續複述當時的對話。

「你考慮——了多久？」

「我說我會在接着的星期一告訴她。」

「那太遲了。」

「你説得對，她做人工流產去了。」他一口氣把麥酒倒進嘴裏。「就在我眼前，醫生把孩子拿掉。」他們去了深圳。

我的腋窩忽然又有了一點點被他的大手壓迫着的錯覺。我想起他輕易把我舉起的那種力度。原來那只是一個年輕父親自然的手勢。不過，對一個大學三年級的男孩子來説，這也實在有點誇張。

這時我努力躲在他的毛衣裏。氣溫漸降，我打從心底顫抖起來。指尖本已觸摸到一種堅實的信息，但這信息現在又開始消退了。

「她身體一向很差，這你是知道的。」

「我知道。」雖然修長高大，但她很虛弱，臉向來是蒼白的，有時甚至帶着一點詭異的青藍透明感。人工流產後，他們做過甚麼？他曾為她煎藥嗎？這重要嗎？我對自己笑了。

他似乎竟看透了我，說：「那時我天天為她煎藥。但她畢竟離開了我。」但我清楚記得，我的藥是四嫂煎的。他對我的好，怎也無法超越他對她的好。

「她走了，因為你沒有悔意？」

「不，我後悔死了。」他停了一會，用低沉的聲音繼續：「一切得到證實之後，我的意義已經完成，我是否仍愛她，不再重要了。她期待的不是我，是我給她的面子。」

我顫抖得更厲害了，水聲和風聲糾纏在一起，連最敏銳的耳朵都分不開來。我胡亂問道：「你不冷嗎？」他搖搖頭。我自己胡亂回答：「啊，你不冷。」我在說甚麼呢？在這奇特的位置裏，我想逃，卻不忍逃掉；想留下，卻知道留下一樣孤單。我蹲坐到燈柱下，把自己縮成一團，好想哭一頓，但出師無名的淚水是醜陋的，於是它們安守本分地聚集在喉嚨，不上來也不下去。

「真是悲慘的過程，賠上了一個孩子的生命。你知

道我多喜歡看一個嬰孩打呵欠。一個孩子，一個我自己的孩子，一個讓我不能再感到自己是個孩子的孩子。」

他這番話說得極其動聽，好像善於朗誦的演員在念舞台劇的台詞。但我全身起了雞皮疙瘩。況且這台詞的底裏，確實有過一個給殺死了的小孩——連性別都未分，在我青梅竹馬的同學的子宮裏蜷曲成團的小嬰孩，折疊着尚未打開的小手指，身體不停扭動，倉皇躲避醫生又快又狠的手術刀。那是連叫喊的嘴巴都還未形成的一個小嬰兒。對我來說，他這段話是極大的做作，我幾乎要吐了。

「你當然不再是孩子了！」我惱怒地說。說完，還想加上一句說：「我更不是。我早就畢業了。」但我沒說。我心裏堅持：他們殺死了一個人。他沉默下來。好久之後，他的臉換了個方向，細細解釋道：

「所以我還未準備好全心全意地喜歡你。」他站起來，好像要走過來，卻仍向着大海，沒準備好面對我。我想：那是多麼聰明的說法啊。來日，他對我夠好夠體貼的話，就會甜言蜜語地提醒我：我的好，現在只表達了一半，一半還在後頭；如果他對我不夠溫柔呢，就可以說自己

難免困圍於昔日，需要時間來建立新的感情。曾經滄海嘛。進可以攻，退可以守。我漸漸掌握到他把我帶來這地方來的意思了。

「我懂的。」我走上前去，從背後抱住他，安慰他。這絕不是回報或報復，也不是愛。我不過學着做一個稱職的社工，安慰一個難過的小男孩——雖然我不是社工系的，他才是。

他轉過身來，我們互相扶持着，走進了路燈與路燈之間的黑暗帶。在那裏，他輕輕吻了我，用淚濕的臉頰抵着我冒汗的額頭，他的哭泣沒有聲音，卻很強烈。一時間我感到了他的軟弱，情不自禁地進入更大的憐惜裏。

海浪聲像極了一把黑色的掃帚，掃去了許多糾纏不清的東西。我很疲倦，想回家睡覺。我放開了他。這一次，輪到他從背後擁着我了。他喃喃地說了一些話，似乎在尋找答案，又好像在宣洩着、哀求着甚麼。但我都沒聽清楚。他的頭埋在我的脖子後面，呼吸裏有按壓不住的、不規則的強烈欲望。那一刻，我忽然無法領略愛與被愛了，只感到生與死在角力，那種龐大無盡的悲哀把我們都變得很微小。我不愛他，但心裏激蕩着巨大的

愛欲，更多的是悲情與憐憫。我盡量張開自己幼小的手指，覆蓋着他大而冰冷的拳頭。

他憑直覺就洞悉我的感情，很絕望，兩手卻更用力抱住我，我知道自己是難以逃跑的了。我無法漠視良知的重壓，只能用靜默肯定了他的猜測：我不愛他。一瞬間，善良又臨到了他。他禮貌地把手鬆開，犯錯的孩子那樣站着。有一點他是曉得的，無論此刻他要吻我，擁抱我，我都不會拒絕。我只想對他誠實，我從來沒想過要對他殘忍。

良久，他吸了口氣，使勁把麥酒罐子擲到水中，用力捧着我的臉，狠狠地問：「那為甚麼要跟我在一起？」

我怎會知道呢？我正在跟誰在一起嗎？「對不起，我會走的。」我哽咽着說。

「不，不要。」他又抱住我。我們都哭了。

我不知道他心裏經歷着甚麼。兩個影子，投落地上，歪歪斜斜的成了既不交匯也不平行的可悲圖像。黑暗中，我努力拼湊他穿着粗線毛衣的模樣：高大英偉，俊朗如同春日的晴天。他為我做了三次小柴胡湯。雖然都是些含糊的意象——我告訴自己，我還是該感激他的。我與

他，或可組成一張讓人喜歡、甚至讓人張貼的硬照。他畢竟是個可愛的男孩子。

漁鼓響了。他的手冰涼，我的尚有一點溫暖。我拉着他往車路前行，攀過小丘，黑暗中走了一段非常崎嶇的泥路。他和她的故事仍在我的耳鼓裏碰擊。她在那裏佔據、淪陷、燃燒、放手，然後再從頭佔據。但這一切都零碎而虛幻，像夢的殘餘，人真正醒過來時，情節都説不清楚，情懷卻勾留不去。對，他仍在想念她。「對不起⋯⋯」他説。

我搖搖頭，心想你何必客氣。我能容納更多，因為我完全沒有嫉妒的感覺。嫉妒是最容易辨認的，因此不嫉妒也不難發現。其實，我和她上大學之後，早已世事兩茫茫，他當然也沒有必要逗留在那些初中孩子的喧嚷裏，一廂情願地把我們扯回來捆綁在一起。心靈的信息非常清楚：我把他的手放回他自己的口袋裏。

天快全亮的時候，我登上了一輛駛向市區旳公車。坐好以後，我向車窗外的他笑了笑。他以為我過不了她那一關，站在晨曦裏，荒誕地，迷惘地猜想着我的感覺，第一次感到有負於我，又好像小孩子發現自己玩遊戲機

玩過了頭，忘記了默書。

　　我躲在窗框下，不再看見他，舒了口氣。可能我要再等上個十年，他才會真正明白：每個人都有自己的故事，且都以為那是最重要的。我們都需要一個牢靠的小碼頭，和一個站在路燈下唯唯諾諾的聆聽者，而對我來說，他兩者都不是。我知道他是真誠的。但他對他家裏的小貓也是真誠的—— 我需要真誠以外更細緻、更對等的一點甚麼。車子開動了。這一次，我甚麼都沒帶走，除了一件粗糙的毛衣。擁着它，我在晨光裏睡着了。迷迷糊糊地，有人回轉，走近，坐在我身邊，甚至撫摸我的頭髮。那人比他更真實，更熟悉，更古老，也更溫柔。

　　我的失戀，終於可以堂堂正正地開始了。

少俠私刑

又是一個地下鐵故事，天天發生。

站在下班人堆中的阿本今年讀中三。他蓄學警一樣的平頭，身高差不多一米八，但非常精瘦，手腳的骨節卻特別大，但臉看起來還只是個十一、二歲的孩童，臉側掛着小小的腮幫子，但頭給瘦長脖子高高舉在上空。有時候老師在走廊看見他，還要提高手臂在他臉頰上輕輕捏一下，因為他的身材和樣子實在很不配合，總之，加起來叫人發笑。

張太太和李太太打完麻將一起回家。她們正高聲責備自己不在場的女婿，一個說他怎麼怎麼忙，其實她要告訴全車的人他多有本事——他在銀行工作，內幕消息又準又多，大量資金要經過他的手。另一個說自己的姨

甥更棒，在曼克頓山買了多大的房子，就是菲傭的房間都比人家的睡房大云云。她們帶點嘶啞的聲音此起彼落，互相砍斫，一句未完，一句又起。其實張太太知道李太太仍然住在公共屋邨，李太太也知道張太太買甚麼股甚麼股就跌價。兩人於是在兩個層次上同時過招——表面彼此恭賀，內裏則互相較勁，咬牙切齒地笑着，越講越大聲，嗓子也越來越嘶啞了。

阿本看着她們塗紅了的嘴巴開開合合，眼睛發痛，只好避而不看，忽然記起通識課老師說過，個人權利的限制，就在他人權利的邊界上，兩者必須取得穩定且公允的平衡。但他可以不看她們的唇膏、不聽她們的聲音嗎？況且頭一垂，他就瞥見她們的腳趾了——多可怕呀！每逢夏天，地鐵乘客都可以分成兩種：一種是穿着涼鞋晾曬腳趾的，另一種是被迫觀看別人的腳趾的——這二十隻更全是很胖很胖的圓頭型號。張太太和李太太的腳趾也可以清楚地分成兩組：一組十隻塗上紅色，趾甲呈圓點狀，被肥肉擠到中間，好像糯米糍上的無核小紅棗，趾甲新長出來的「根」部沒塗上甲油，前端的紅卻已經剝落不全；十趾平放在鬆糕拖鞋上，從拖鞋那一

塊小小的、彩色的牛皮前面伸出、叉開，五趾圖案彷彿日本國花。另一組呢，則塗上了紫藍色。趾頭圓而趾甲尖，甲「牙」伸出趾頭前面整整一公分，而腳趾又伸出拖鞋前面一公分，驟眼看，像極飲宴席上必定碰見的炸蟹鉗。很明顯，這十趾全是帶毒的（因為武俠小說裏藍紫近黑的顏色代表有毒）大殺傷力武器。別的乘客看了，都自動往後退一步。

張太太和李太太二人霸佔了一整支不銹鋼扶手。怎麼可以呢？原來藍黑趾甲的張太太比較熱情，説話時昂頭垂目，肚腩領路而胸脯隨之，她每説一句話，就向前踏出一小步，好像要和對方更親近一點。紅趾甲的李太太無可奈何地往後退。車廂裏本已有點擠，她們一個進、一個退的，繞着扶手，慢慢形成一種圓形的追逐。突然，李太太發覺退路好像不大暢通，有人站在她後面，並沒有避讓。她急忙停住，但還是撞上了雙手插在校服褲口袋裏的阿本。

阿本耐心等待着李太太向他道歉。但她沒有，反而回頭瞪了他一眼。阿本垂頭忍耐着，記起父母的教導，沒有用眼神回敬她。豈料她被張太太迫得緊了，心頭有

氣，得此良機，竟忽然叫嚷起來：「伊家 D 細路真係無品，碰到人呢，連一句嘢都唔識講，有爺生無娒教，正一白癡！」張太太忙不迭附和：「所以我話啦，我呢個女婿真係好到無得頂㗎。個個月俾成萬銀我打麻雀，仲幫我替睇住 D 股仔添。賺咗至話我知，蝕咗呢，自己骨碌骨碌吞落肚，你話去邊處搵？」她龐大的身軀繼續穩定地、親密地前移，李太太無法躲避，一面說是呀是呀，一面繼續往後退。阿本呢，他就是不動。

李太太忍無可忍，忽然回頭怒吼：「借開 D 啦死靚仔！」她把「靚仔」的「靚」字說成了陰平聲。阿本最恨人叫他「靚」仔，如今用力合着的嘴巴裏已經出現「咬牙切齒」的場面了。但他的樣子依舊平和，卻不自覺地從褲袋抽出了手來。幾乎同時，口袋掉下一個重重的金屬東西。「篤」的一聲，它不偏不倚地砸在血紅甲腳趾上。

「哎喲！痛死我啦！」李太太呱呱大叫。一位穿着半截裙子的 OL 微笑着把阿本的電子詞典撿起來交還物主。李太太還要發作，阿本裝作很緊張地說：「哎呀，對唔住呀！對唔住呀，婆婆！」李太太聞言，反應地張大了眼睛，很明顯，她的驚奇超過了她的憤怒，一臉肌

肉都在騰跳。婆婆？叫我婆婆？四周的乘客也開始須要控制自己的臉部肌肉了。張太太卻很平靜，很大方，很滿意，竟說：「算啦，難得而家 D 後生仔仲肯道歉。」這時，車到站了，大門打開，張太太又說：「你到啦，走啦。」說着就把對方推了出去。阿本瞥見李太太在玻璃門外指手畫腳地往後滑，也不看她，臉上一點表情都沒有。

　　李太太一走，扶手的鋼枝空了一半。張太太很舒服地大嘆一口氣，說時遲，那時快，她已把自己的大肥背往後一靠，軟綿綿的背肉就隔着衣服把整條鋼枝吃掉了。其他人呢，只好趕忙收回抓空的手，繼續「站樁」固定自己，但車行顛簸，大家仍不免搖搖擺擺，必要時抓住身邊的男友，或者冒犯地拿着一個陌生人的背囊。忽然，張太太也尖叫起來：「邊個！做乜嘢呀？想點呀你！？」大家一看，原來阿本瘦如柴枝的尖尖十指正一一豎起，全扎進了張太太那一堆肥肉裏去了。張太太指着阿本的鼻子大罵：「靚仔！想非禮呀？」又是「靚仔」。阿本收回手指，緊握鋼枝，指尖都因太生氣而變青了，但他臉上依舊毫無表情。張太太見他不說話，就開始大聲呼叫：「非禮呀！非禮呀！」頓時，車廂靜了下來，一秒鐘後，

整卡車爆發哄堂大笑，人人都笑了很久。最後，一個斯文的中年男人用很平靜的聲音問道：

「邊個非禮你呀？有無人見到先？我哋淨係見到你霸住條扶手咋嘛。不如去報警丫！」

「係呃，你千祈唔好亂咁冤枉人，講唔定會被人告你阻差辦公個嘛！」

「好似係你成身挨落人地隻手處咋嘛！」

人人七嘴八舌，看着阿本孩氣的小臉，真心誠意地說出自己的想法。張太太有點狠狠，為了面子本來還要發作，惜乎勢孤力弱，且發現自己已然到站，不得不下車了。她「死仔」、「衰仔」、「死靚仔」地大叫着離開。

全車廂人都鬆了一口氣，嘰嘰喳喳嘻嘻哈哈地一同說起話來。阿本把手從鋼枝收回，逕自站到完全沒有支撐的地方去，開始他每日的站樁練習。沒有人知道他加入了國術組，正在練鷹爪功，而且他絕對聽從師傅的話，不喝甜的東西，也不懶惰，且依照吩咐每天在來回兩程的地鐵裏趁機扎馬站樁；有些人根本不需要扶手。

啞鈴之歌

——兩個島之間的沙洲是脆弱的，
但我們只能靠着它向對方走

一　　綠窗櫺

　　六十年代，冬天確實冷。但天一破曉，鳥仍舊叫。微小的啁啾艱難地穿過又濕又冷的厚重白霧，無力地落在窗臺上，像女子幽微的悄悄話，幾乎無人注意，小瓦卻一一都聽到了。離島的一月風特別大，窗框格格打着寒顫，北風從細小的隙縫插進室內，絲絲縷縷都是冰的氣息。小瓦從被窩露出眼睛，眉頭一陣涼，趕忙縮回去。天色很尷尬，不再黑不見指了，卻還未真正亮起來。她尋找被褥留住的體溫，還想多睡一會。躺在身邊的外婆卻已經伸出手來摸她的腮幫子。

　　「外婆早。」小瓦把身子挪向她：「得起床了嗎？」

外婆説：「不，你多睡一會兒。大年初一，我該起來了。」她掀開被子，雙足輕輕着地，手卻把小瓦往裏面推，好像在説：你睡。

　　小瓦看着她，心裏生出一種夾雜着孤單感的好奇心。十一歲是神秘的年紀，從童年邊緣攀向成人的領土，她忽然經歷到許多使人心神搖蕩的感覺。它們形成強大可觸的氛圍，激烈地改變着她讀過的每一個美麗童話。所有幸福快樂的簡單結局，如今都以子房播種的姿態，在她眼前一一裂開，一點一滴地吐出許多無以名狀的真相——如果英俊的王子身邊有了另一個公主，如果公主身邊多了一個得寵的弟弟，如果弟弟帶來一個全新的父親……她開始看到一個沒有壞人卻恆常讓人傷心的世界，搭建在無聲累積的歲月上。前幾天，她幫忙大掃除，正拿着抹布到處拂拭，只見外婆突然停住了，她就那麼慢慢坐到一張小板凳上，一隻手擱在膝蓋前方，好像折了骨那樣軟弱地垂着；人呆住好久，另一手握住掃帚一動不動，手指因太用力而變得一截紅、一截青了。又一陣子，外婆的眼睛生起一層薄薄的清水。小瓦走過去挪開了那把掃帚，然後在外婆旁邊蹲了下來。地板是泥磚

造的，既粗糙又冰冷。她挨着外婆盤腿而坐，一句話都沒說，只輕輕撩動她圍裙上的布帶子，切實感覺到外婆心中那種破落的況味。她抬頭看着這個和她相依為命的至親——其實，怎能叫她做外婆呢？她看來還那麼年輕，而且也真的年輕——才三十七歲，只比媽媽大兩年。媽媽已經有點發胖了，外婆仍十分苗條⋯⋯

　　但今天的外婆又好像沒事了。她站在床邊，隨手套上一條長褲，又抓來一件棉衣遞給小瓦。小瓦接住，人卻賴在被褥堆裏，像一隻水母。外婆脫去睡覺的內衣，露出溫暖無骨的蜜色皮膚和細小結實的乳房，還有上面那淡粉紅色的小小乳頭。小瓦看過媽媽的乳頭，那是深紅色的，比較粗大，外婆的更好看。每次她舉起手來換衣服，總會把胸脯往上拉，下面的肋骨就凸顯出來，腹部下陷，腰變得更纖小了。可惜肋骨旁邊有一道小小的疤痕，略呈棕色。髖骨外有另一道，顏色較深。小瓦的眼睛落在她略微浮起的小腹上。肚臍下那比較豐滿的地方，總特別吸引她。小瓦忍不住用手摸了一下。外婆笑說：「你以為我長得太胖了嗎？傻丫頭，不是的，那裏面是子宮。你媽以前懷了你，你就躺在那裏。女人的這

個地方啊，平日也一定要夠厚實，懷孕時用來保護小孩子的。」小瓦問：「你懷孩子了嗎？」外婆說：「當然沒有，你真胡鬧。這裏連男人都沒幾個，怎樣懷孕？笨蛋。」小瓦把臉放前去，外婆就讓她貼着自己的肚皮。比起周圍的冷空氣，那是特別暖熱的地方。裏面的腸子在蠕動，如有一道水在細細奔流，像一首遼遠的歌。想到這裏，小瓦忽然又惦記媽媽了。外婆感覺到她情緒上的轉變，趕忙躺回床上，連同被子擁抱着她，兩人又這樣過了一陣子。小瓦把眼睛閉上，淚水止住，外婆才起床把胸圍戴上，再套上既笨且厚的灰暗衣服，纖小無骨的身體馬上消失在臃腫的毛衣和棉袍裏。

「今天媽媽會來嗎？」小瓦還是問。

「不是叫你不要再想她了嗎？都這麼多年了。」

小瓦才擦乾的眼睛又紅起來。「她自己說的，她說過新年時會來看我。」

外婆坐到床緣上來，恨恨地說：「她就是來，也不會在初一來；即使真的來了，也一定不會帶你走。你怎麼還不死心？——小瓦，你不要外婆了嗎？」小瓦把頭靠過去，擁抱着她細細地搖頭，兩人的頭髮都糾纏在

一起了。

　　這是在島上度過的第四個春節了。漁民特別喜歡熱鬧，從小孩到老人，無不努力製造新春氣氛，可是此地的天空總顯得格外遼闊，即使山雨欲來，那幾層黑雲還是掛得老高的，老天與房頂之間有着永遠無法克服的巨大空間，讓人一抬起頭來就覺得寂寞。房子與房子的距離也格外地大，無論大家貼上多少門聯揮春，點燃多少爆竹，人人扯盡喉嚨喊恭喜發財，島上的新年總好像熱不起來──剛剛躍上半空的紅紙屑碎零丁散落，不過一個老頭的幾聲乾咳，偶然響一下的霹靂拍拉常常在不該完的地方忽然了結，冷風的吼聲總能骨碌骨碌吞下一切、消化一切、抹去一切。只見覓食的母雞走來走去，喔喔地叫，老黃狗依然在半睡半醒時拂動耳朵，大北風中，能夠堅持發聲的都只是些尋常物事。小瓦把落在窗櫺上的小手和鼻子縮回來，穿上棉衣，套上白襪子，在把腳放進外婆剛剛納好的紅布鞋裏，走到房門外。

　　外婆早已煮好了熱水拿進來。一半用來泡了新鮮的六安茶，存在壺裏暖着；餘下的全倒在銻面盆裏。水接觸到金屬，馬上降溫。小瓦洗過臉，外婆又拿了她的

毛巾來抹面。看着她利落的動作，小瓦就感覺到那從同一條毛巾傳來的親密。外婆把毛巾洗好、擰乾，掛在房間門後。小瓦去摸它，羨慕地說：「外婆，你擰得好乾，真的不會再滴出水來。可我用盡力氣去擰，它還是濕濕的，好可惡。」外婆沒搭理她，自顧自用細長的手指從一個白玉瓶子裏摸出一點雪花膏，為小瓦塗上，餘下的放在自己的眼角四周擦了一下，雪花膏很快就沒有了，她遲疑着，又掏出一點，輕輕揉到自己臉頰上。轉瞬間，她的臉變成了一塊柔潤的白玉，透發出溫和含蓄的光，而整個房間都充滿雪花膏的香了。

「外公今天要來嗎？」外婆給小瓦編辮子的時候，小瓦又問。

外婆搖搖頭。「你怎麼老是問誰來誰不來？你給我聽好：今天是大年初一，外公不會來，你媽也不會來。他們都在自己家裏過年，懂嗎？怕就怕你老在這裏盼着，到頭來白等一趟，等多了你不心疼我心疼。你該這麼想：他們今年整年都不會來了──到他們真的來了，你得個大歡喜。」

小瓦點點頭，彷彿外婆這話讓她想通了一個偉大的

道理。她吃着翻熱的團年菜，集中感覺口裏蠔油的香和米飯的熱。那些冬菇雖然煮了好長時間，仍覺太韌，小瓦多番咀嚼，依然難以下咽。不過她還是一口一口地吞。外婆咬着長柄密齒牛骨梳，慢慢把自己的長髮扯到背後，編合成長長的條子，然後盤成扎實的小髻；右手的三個指頭像拿着一管小小的簫，但那不是簫，是一支髹了黑漆、鑲了幾顆鮮明的紅豆的髮簪。她熟練得連鏡子都不用照，髮簪就落在刨花水抹過的烏亮髮髻上，把一切固定下來。小瓦看得呆了，不覺摸摸自己的小辮子。外婆笑了，把髮簪拿下遞給她：「要試一試嗎，小鬼？」小瓦趕忙搖頭。外婆又把髮簪放回髻裏。

「啊，七點半了。」外婆說，這才拿起筷子吃飯。天全亮了，小瓦望向窗外。搖動着的半禿樹枝不斷刮擦厚厚的玻璃窗。灰濛濛天空下，那唯一的一點青葱，就是髹了綠漆的木窗櫺。

二　　碎瓦

外婆把小瓦帶到隔壁霍媽媽家裏去拜年，小瓦知道

她們整天都會在這裏度過了。外婆對其他鄰居很有禮，大家也「王太太」前、「王太太」後地呼喚她，樣子畢恭畢敬的，可幾年來都一樣，外婆每次看見他們，都會反應地把小瓦藏到背後，遠遠就跟她們點頭打招呼，但從不肯走進談話的距離，只有對霍媽媽不一樣。

霍大叔本來是漁民，為了讓孩子上岸讀書，不再打魚了，現在出遠洋當海員，幾個月才回來一次。霍媽媽一個人帶着五個孩子過活，總是匆匆忙忙的，好像要用七八雙手一起幹活，走路走得飛快，就連自己發熱咳嗽的時候還得爬起來買菜做飯洗衣服。外婆有時候會幫她看管着一兩個。去年一夜酷熱難熬，外婆和小瓦都給悶得醒了過來，忽見霍媽媽那邊的屋子亮起了燈，原來她最小的手抱孩兒發着高熱，全身抽搐，霍媽媽從未看過他哥哥姐姐這樣，心裏慌得糊塗了，又怕他冷着，竟用大被子把他包得滴水不漏，孩子體溫更高了，掙扎着大哭。霍大媽急得走過來扣門求助。外婆看見孩子的情況，就用冷水給他抹了手腳，見他受得了，又把他的小屁股整個放進微暖的水裏。孩子的熱稍微退了一點，不抽筋了，累得睡去。可霍媽媽不敢回家，就抱着孩子，跟外

154

婆坐在小瓦的床緣，一直聊到天亮。她們的話，就這樣一點一滴地落入小瓦半醒半睡的耳朵裏，像不大合用的鑰匙，多番嘗試之後，竟也胡亂鑽開了一串串封鎖多年的秘密。

「你沒生過孩子吧？」霍媽媽對外婆説。「但你很會照顧他們。」

「沒生過。可我以前是大戶人家的丫頭，甚麼不要做？我本是買回來跟小瓦她媽媽做伴兒的。我老爺三個小娃兒，我都帶過，他們只相信西醫，我也學會了一點點。」外婆用很輕的聲音説話，生怕吵醒孩子，但小瓦卻聽得出來，能令小清池退一點燒，外婆很自豪。

「是這樣啊？那 …… 這裏的人都覺得奇怪：小瓦不是叫你外婆嗎？大家都説她像你的 …… 女兒。」霍媽媽的聲音帶着濃重的歉意。小瓦也注意到了：每逢兩個女人説真正親暱的話，聲音裏都會流露這種隱隱約約的「對不起」情緒。

「如果小瓦真的是我的孩子，那就太好了；只可惜我連養母的邊兒都沾不上。」外婆説話時，輕輕撥弄小瓦的頭髮。她不知道小瓦還未睡着，她正張大耳朵，貪

155

婪地吞吃自己的家史。這一夜，像清明小雨那樣落在床頭的零碎聲音一直連綿不絕，直到小瓦長大，還激動着她；即使清醒時她不大相信這一夜曾經存在，它依然帶着夢似的咒詛和祝福不時回航。

「那麼王老先生是你的甚麼人……？最近很少見他來了。」霍媽媽的聲音夾雜在嬰孩輕小的呼吸中，充滿壓抑着的驚訝。

「他還能是我甚麼人？他就是我老爺，小瓦的外公——」外婆平靜的聲音也調得很低，卻清晰可聞，像一條幼弱非常卻不肯斷絕的繡花線，誓要繡出一點點紋理來。「我七歲時，他夫婦把我買到他家。政府不要看見人口買賣，他們就說我是寄居的窮親戚。這樣的話，壞事反變成善心了。其實我媽已拿過了錢，往後沒有跟我聯絡了。本來說我是買回來陪他的寶貝女兒玩的。可到了十五歲，我忽然……給他糟蹋了……既然我媽已把我賣了，我本也無怨。說起來，那一夜，我真的想過要上吊，但他的身體就架在我的床邊，脫了衣服，看起來很鬆弛，很衰老，而且整個晚上都在扯鼾，喉頭裏咕嚕咕嚕的好像擱着許多痰，頸上一疊一疊的盡都是皺皮；平日的威

風全沒有了。我看着就想吐，打從心底生出極大的恨來，人有了恨，就不想死了。我一個人退到床的裏角咬着牙哭。熬到了三更，他忽然醒來，氣定神閒地穿衣離開，走的時候沒回頭看我一眼 …… 後來，這種事不停發生，我幾乎覺得自己習慣了；瞞了幾年，夫人才知道。

「那天她一聽見這事就暈死了，醒來時一手抓起老爺的皮帶就狠狠打我，打得我皮開肉綻，血流得一身都是。我真的恨死那條皮帶。每次他解開它，我就要給他，如今，她用它來打我，好像是我犯賤迷惑他。更可恨的是老爺和小姐站在旁邊看着她一鞭一鞭地抽下來，只顧喝茶，一句話都不說。我看着夫人那惡鬼一樣臉，更不想死了。我死了，不是白便宜了他們？後來，他怕弄出人命，就把我安置到這兒來。這島像荒地一樣，甚麼都便宜。他倆這才放過了我。他到外面找女人，夫人也樂得看不見。」

霍媽媽很輕地嘆了一口氣。「難怪，我看你總不像我們這些土氣的水上人。我還以為你是大戶人家的小姐呢。」她停了一下，又問：「那麼，小瓦呢？」

「小瓦爸爸一樣是個色鬼。她媽嫁了兩三年，他就

天天去嫖，我們小姐也不是好欺負的，兩口子整天打架，本來好好的一個家就給飛來飛去的碗碟兒砸爛了。她爸另娶了幾個姨太太；離婚後，她媽也嫁人做填房，馬上生了兩個男孩，有了兒子，就很少回娘家看小瓦了。小瓦留給老爺和夫人教養。夫人是小瓦的親姥姥，原來也很疼她，可她的兒媳——也就是小瓦的舅媽——覺得小瓦比自己的女兒聰明漂亮，無法容她。老爺和夫人也認為小瓦只是外姓女孫，就把她也送了過來。小瓦本來叫做曉雅，破曉的曉，文雅的雅——可她姥姥說她福薄，改成小瓦，說這樣也許能瞞過上天，她的日子會好過一點。」

「是這樣啊，可憐的小姑娘⋯⋯你一個人帶着孩子好寂寞的，難受嗎？⋯⋯」北方腔調未脫的霍媽媽聽得連聲音都哽咽起來了。其實她也在為自己難過。畢竟，霍大叔不常在家；幸好他一年半載總要回來待兩三個星期，而外公和媽媽呢，卻已很久沒到島上來了。小瓦偷偷把臉轉向枕頭，裝作趴着睡。外婆為她拉了拉被子，竟在這個時候輕輕笑起來。

「沒有，一點不難受。在這裏起碼不用看人臉色過

日子，只怕小瓦的天分給浪費了，她非常聰明，看來是她爸爸的遺傳。啊，對不起，霍太太，我知道你幾個孩子也很棒，我實在大言不慚，請不要見怪——你有沒有想過把孩子送到市區念書？」

她們的聲音漸漸模糊了。最後幾句話是霍媽媽說的。「當然也想過。可是，我們這裏的小學生，誰能考得上市區的中學？我不會認字，不懂得教孩子。我們家兩個大男孩，也該開始打算了。清源已經十三歲，不是讀書的料子，但我們船早賣了，想打魚也沒辦法。不過他水性好，就想着要當個救生員甚麼的，在島上的沙灘找工作。清河稍微能念書，想過上中學，不過也只能在島上找學校了。清流和清池還小，我還不忙着費勁琢磨。至於清蘭，雖然比哥哥弟弟都有書緣，也知道用功，可女孩子將來總要嫁人，看只看她前生修得了甚麼⋯⋯小瓦該是個例外吧，一定能夠考上市區的中學。你別多心，我不會怪你。怪只怪我們島上沒有讀書的風氣⋯⋯」說到這裏，霍媽媽叫了一聲：「啊，清池熱退了，真好，我回去洗把臉，天亮就帶他到醫務所去，你陪我好久了，王太太⋯⋯你先睡一下，中午帶小瓦過來吃頓飯，讓

159

我們好好謝你。」

從那天起，霍媽媽就與外婆親厚。外婆比霍媽媽小幾歲，霍媽媽就叫她「阿僑」。小瓦也學着「阿僑阿僑」地叫她，沒大沒小的，她就是不想叫外婆。外婆每次都氣得抓住她的小辮子打她的屁股，但打不夠兩下，就抱着她親，兩人早已生出血緣一樣濃烈的感情，甚至忘記坐落九龍塘的「家」了。

自從有了霍家的友情，小瓦的日子好像長出了新的期盼，光明得多了。上學的時候她盼着下課，放學了，她又盼着跟清源清河幾個一道走路回家，平時盼着星期日大清早起來就去霍家找清蘭玩，假期完了又盼着第二天一同上學。清蘭有兩個哥哥、兩個弟弟，各種年歲的男子她都見過了，她自己也好像男孩子一樣，蓄短髮，穿長褲，跟着哥哥們到處跑，有時流露出許多男子特有的英雄感，說話的聲調比小瓦響幾倍；小瓦比她高兩班，成績好，蘭子看見，就學着她努力讀書，又學她打毛衣和串小珠子。霍媽媽看見很歡喜，彷彿蘭子有了小瓦，才有了點小姑娘的味道，將來才有嫁人的希望，因此霍家有甚麼好東西，她一定留一份給小瓦。小瓦每次站在

廚房門口替霍媽媽拿這個搬那個，心裏都會湧出一種安穩的感覺。以前是霍媽媽一個女人帶五個小孩，現在加上了外婆，是兩個女人看管六個小孩，霍媽媽輕鬆多了，外婆也開朗起來，使得她走路的腳步都添了些活蹦亂跳的錯覺⋯⋯

這是新年的頭一天，霍媽媽早就包了好多餃子。霍大叔回來過年，大家特別高興。霍媽媽很用心地打扮過，人人都看得出來：短頭髮熨得向上鬈起，露出她布滿皺紋但飽滿的前額，也叫她看來像個非洲女人；因為長年為劉海遮蓋，她額上的皮膚顯得過分地蒼白。眉毛修得十分幼細，只剩下一條線了，彷彿整條是黏上去的，上下卻都是還沒拔清的毛根，眉骨青黃一片地發着光，整個人看起來土裏土氣的。但小瓦打從心底喜歡她。她雙手接過霍媽媽遞來的熱餃子，用舌頭嘗了一點點湯，已覺得暖意渾身奔流。「好吃嗎？」霍媽媽明知故問。小瓦很認真地回答說：「好吃。」霍媽媽笑了。「好吃的話，霍媽媽天天做給你吃。」

霍媽媽是河南人，是她把北方餃子帶到這小漁村來開枝散葉的，幾個相熟的老鄉都學會做了，就是沒一個

有霍媽媽的手藝，於是大家都鼓勵她開個店子甚麼的，更聲明一定去光顧。小瓦小心翼翼地咬破了一個，讓裏面的湯水細細流出，她輕輕舔着，好像自覺配不上這完美的餃子。她從窮乏裏學會了把僅有的物質攤開來享受，漸漸，這形成了她繡花針步一樣的生活節奏。她一點一點地把餃子的皮咬去，輕輕咀嚼，然後細細咽下，又用筷子尖把另一個完整的餃子打開來，好像在端詳自己陪嫁的枕褥。同桌的幾個男孩和蘭子盯着她的吃相，總覺有趣。大家都吞下幾十個了，小瓦才吃到第五個。蘭子問：「餃子很熱嗎？你怎麼吃得這麼慢？」蘭子身體強壯，比小瓦還要高大，紅紅的皮膚好像長得不夠裏面的肌肉快似的，包裹着的是因青春而過分飽滿的修長胳膊。一靠近，小瓦的臂膀就顯得太脆弱了，幸好她骨頭都極小，因此即使肌肉不多，還可以把它們藏得嚴嚴密密，她的臂膀只覺纖小而不覺瘦。如果不細看兩人的臉，十歲的蘭子看來更像她姐姐。清河跟小瓦同年，也已經開始發育了，長得又長又高，手腳晃晃的像個沒有固定關節的木偶，行動有點不協調，可樣子和聲音仍是孩童一樣，說到高音時還總要走個調，每次都讓小瓦

笑得捂住嘴巴。有時他看着妹妹取笑小瓦，怪聲怪氣地表示同意，還加上一句：「就是，吃東西慢得要命，做功課卻比誰都快。」小瓦不理他們，又把一個餃子放好，剝皮，舀了湯汁喝了，再把餡裏切得細碎的大白菜一片一片抽出來咀嚼。蘭子學着她做，可是沒兩下子就忍不住整個餃子骨碌吞下了。

　　大家鬧着、玩着，圓圓的大桌周圍都坐了人。大人有大人說話，孩子有孩子胡謅；只有不知道自己該是大人還是孩子的霍清源，一面垂着頭吃飯，一面聽弟弟妹妹調侃小瓦，冷冷的既不說話，也不理會誰，只會在夾菜的當兒，急促地看小瓦一眼。剛好抬起頭來的小瓦也覺得霍清源是與別不同的。他的皮膚已經開始脫離幼童的滑亮，生出些許大男孩的粗糙；他的平頭漸漸添加了稜角，頭髮隨着氣流細緻地跳躍，紋路開始形成，不再像清流那些一味地毛絨絨，髮絲也不再幼弱。小瓦的眼睛急忙垂下，但仍看見他寬闊的額上那一對濃密的黑眉，和稍微上翹的眉角、稍微上捲的眉毛。他咀嚼的時候，太陽穴的肌肉也輕輕在動，小瓦還看見那隱藏在皮膚下面的隱約的血管。雖然一直盯着桌子，他的眼睛依然黑

白分明。她的心輕輕一震。自己為甚麼老想着這些東西？為甚麼對着一樣高大的霍清河，只覺得他吵鬧厭煩？也許，霍清源吸引着她，因為他和霍大叔一樣沉默，一樣遠離人煙。他們連眼神都酷似：父子倆好像完全不認識這一桌子的人，也好像認識得最深。

飯後，小瓦禮貌地幫霍媽媽收拾碗筷，可因平時不太習慣做家務，手一滑，「砰楞」一響，就打破了一個瓦碗。大家先是呆住了，繼而人人大叫「落地花開，富貴榮華」，但笑着的臉掩飾不住迷惑與驚惶。霍媽媽非常擔心，因為年假後霍大叔又得出海了。可是，霍媽媽沒說甚麼，只趕忙拿來了一塊舊毛巾，把碎片撿逐一起來，細細包在布裏，拿去扔掉了，再找來一小片用老了的勞工棍，一點一點按到撿不起來的碎瓦上。小瓦非常內疚，急忙跑到天井找來掃帚，中途卻被人推了回去，原來春節裏是不能動掃帚的。

霍媽媽弄了半天才清潔好地板，就馬上洗手給祖先叩頭上香，又幾次跪拜天后，重複着懇求神明的動作，直到霍大叔厭煩地出手阻止，她才停下來。小瓦看着她，眼睛又紅了。在她小小的世界內，淚水是可以贖罪的。

大人見狀，又趕忙高聲警告她春節裏絕不可哭。她努力按捺着哭的衝動，無所適從地站到一旁去，像個被遺棄的爛碗。等一切都處理好了，她才悄悄走到垃圾桶旁邊，撿起了那條壯烈犧牲的抹布。她想，碗打破了，至少可以把布洗乾淨。她拿着布，躡手躡足地走到房子後面的空地上，蹲在水龍頭面前，開了水就用力搓揉。

這是年中最冷的日子，水打下來叫皮膚發痛，人到底是在冰裏還是火裏呢？都說不清了，只覺得手指漸漸麻木。搓揉了好久，瓦片該已全沖走了，她才輕輕關上水龍頭，然後使勁把布裏的水都擰出來。但不知怎的，手一抹乾，血就從好幾個地方開始冒出。最初只像絲線那樣到處滲溢，漸漸流量大了，連成幾片鮮紅，在濕濕的手心描畫出掌紋的圖案。血不停流着，小瓦的心反而豁然開朗——霍大叔今年應該不會有事了，因為自己已經流了血、已經受到了懲罰。她看着雙手，心頭一寬，竟彎着嘴角無聲地笑起來。

忽然，她感到有人在看着她，急忙回頭：只見一臉驚訝的霍清源正怔怔地盯着她和她滿是鮮血的雙手。她愣住，因為給發現了，心裏充滿了羞恥和委屈。但此時

他奔跑過來，皺起眉頭，用勁捉住她的手，翻開她的掌心，把它們拉近自己的臉，每一部分都細細地檢查一遍，接着再把她拉到山路那邊去。微弱的日光下，他從褲子的口袋掏出一柄折疊小刀，果斷地打開來，用磨得明亮鋒利的刀尖插進她的每一個傷口，小心翼翼地剔出了幾片碎瓦。然後他抬頭看着她的眼睛，皺眉問道：「痛不痛？」她看着他點點頭。他又問：「很痛嗎？」她又點點頭。「那為甚麼不哭？」小瓦沒回答他，只拿了他的小刀，把它折合起來還了給他。她把小手握成了拳頭，保護着血和傷口，良久才回答説：「新年不想哭。」

三　　身體

　　霍大叔出海了。可這一次，只過了一個多月，他就毫無預告地回到島上來，跟霍媽媽説自己開罪了船上的大車，給人針對，日子難熬，想到不如在島上開一個餃子店，不再航海了。霍媽媽最初為了這突然的改變擔憂，後來卻越想越高興，動用多年存起的私房錢買了一個小店子，做起餃子生意來。開店前後，外婆天天都去幫忙，

從山上的房子跑到島上的市集要走好一段路，霍媽媽鎮店，霍大叔和外婆就一天多次來回，扛這個抬那樣的，連小孩子們的學業都不再過問了。小瓦和蘭子幾個因此更是快樂了，大人太忙，孩子就關不住，一大伙人浩浩蕩蕩地到處買冰棍，吃魚丸，一瓶沙士汽水分了來喝，最後還跑到店裏去吃餃子，吃飽了就圍着大圓桌坐在一起做作業，有時把油污弄到本子上去，給老師嘮叨了幾次。可漸漸，老師們也把孩子的作業本子弄髒了，因為他們也帶着作業來吃餃子。這段日子，是小瓦整個童年裏最明媚、最開心的。爽快得像男孩的蘭子，專門鑽空兒找人家的笑柄、古裏古怪又口沒遮攔的清河，呆頭呆腦、帶着兩條黃鼻涕上小一的清流，還有剛學會走路的小清池，漸漸成了小瓦的家人。可這歡樂裏藏着更叫人心動的一點點甚麼，讓小瓦在飽滿的幸福裏感到尖銳的寂寞和興奮。她心裏留着一個巨大的空間，只有清源才能填滿，但清源從來不說話，連看都不看她。小瓦漸漸開始懷疑自己的記憶了。大年初一那天，他曾經握着自己的手，剔出傷害她的每一片碎瓦——這是真的嗎？接着的幾天，他每日都來檢查自己手上的傷口，這也是真

167

的嗎？

　　在這種朦朧的歡愉和欲望裏，小瓦漸漸長高，和蘭子比起來，她終於像個不同年代的女子了。這一天，小瓦突然在班上累得抬不起眼皮。那是從未有過的疲累，還帶着說不出名目的腹痛。她按着肚子——就是外婆說女孩長大之後用來孕育嬰孩的地方——痛得皺起了眉頭。穿長衫的女先生問小瓦小瓦你怎麼了？小瓦說沒甚麼，只是有點肚子疼。老師也不焦急，微笑一下，就着她先回家休息。清源和清河也同在一個班上。老師一眼瞥見清河伏在桌子上睡得正香，就喝令他送小瓦回家。清河睡眼惺忪地抬起頭，還未弄清楚是甚麼回事，另一邊的清源已突然站起來，小聲說：老師，我來送。清河看着哥哥往小瓦的桌子走，半合着眼皮又坐下來繼續睡覺。

　　回家的山路上，小瓦雙腿痠軟沉重，越走越落後了，前面的清源卻好像一點不察覺，只顧低着頭往前邁步，好像走路這事必須認真對待似的，竟不曉得小瓦在後面痛得舉步維艱。忽然，他好像得到一種來歷不明的感悟，狠狠地回過頭來。一時間，他嚇得呆住了。小瓦痛得彎

着身子抓着路邊的一棵樹，正用求救的眼睛看着他。他的腿卻好像釘在泥地上，人完全動不了。小瓦意識模糊，手和臉先後感到木頭的粗糙和泥土的冷硬，最後卻落在一個寬闊暖和的背上。她就在那裏放鬆、睡去。那裏有她很小很小的時候從爸爸和外公背上領略過的溫暖；隔着一件布衣，那遼闊而充滿感覺的背正有節奏地輕輕摩擦着她的臉。

小瓦在床上張開眼睛時，清源坐在床邊的地上挨着一個櫃子睡着了。她掀開被子想走下床去叫他，突然發現自己的褲襠子裏頭一片鮮紅。她趕忙又蓋上被子，裝作清爽地叫道：「喂，霍清源。」清源醒來了，抬起頭，又愣住一陣，然後急急用衣袖把自己的臉清理一下，走向床邊來，走近了，又停下，非常謹慎地說：「你好過來了，那，那我先走了。嗯，你外婆呢？」小瓦說：「我怎麼知道？我們不是一道回來的嗎？——你走吧，我沒事了。女孩子就是這樣的了，這不是病。」清源傻傻的又站了一會，點頭說：「那我回去了。對，我馬上到店裏找你外婆去。」小瓦頷首，看着他離開，心頭的一把火開始霹靂拍啦地燃燒，一直燒到臉上來了。清源的背

上印上了一點淡紅色，那是小瓦留下的，但他好像一無所知。清源往廳裏走，小瓦感到自己的童年和他的背影正一道遠去。十二歲，第一次來潮，外婆的預告帶來的平安，抵銷了應有的驚慌和歡喜。但和清源一起度過的這一個多小時，帶來了極大的滿足，和更大的渴望。從此，霍清源的身分改變了，他不再是一個鄰居或一個同學。他是她前程的啟動者，是她告別一個時代的秘密標誌。她慢慢打開被子，那一片紅，染透了衣褲和床單。她拉上簾子，關好門，脫下衣服，拿起褲子，一陣腥味撲面而來。她小心翼翼地站在房間中央，對自己的身體忽然感到了一種嶄新而久遠的親密。

終於清理好了，小瓦穿上潔淨衣服，拿着衣物正要去洗，忽然聽到廚房那邊傳來一點點聲音。她站住了。那是外婆在説話。「你走吧，我沒事了，女人就是這樣的了，這不是病。」小瓦猛然退回房間，外婆在跟誰説話？「我怎麼放心，你剛才在店裏這樣頭暈法，一定出了甚麼事。」小瓦的心要跳出來了——説話的是霍大叔啊！為甚麼那句話跟自己對清源説的一模一樣？小瓦忽爾明白過來，心裏充滿了火焰一樣的激動和羞愧。「你

不要老是趕我走，不要……」霍大叔的聲音很溫柔，繼而是一大段的喁喁細語，沒法辨清內容，感情卻是再清楚不過的，那正是小瓦剛剛才深刻經歷到的愛。接着傳來外婆短暫的掙扎和低吟，然後是霍大叔野獸一樣的喘氣聲。這連串的聲音，激烈地灌滿了小瓦整個人所有的感官。過了好久好久，她痛苦地爬回床上，拿被子蒙到頭上。太可怕了，自己適才擁有了一個秘密，幸福的感覺還未好好發芽，怎麼竟又多了一個一模一樣的秘密？怎麼同樣的秘密落在霍大叔和外婆的身上，卻變得這麼醜陋、這麼叫人難堪？她掀開被子的一角，坐起來，貪婪地偷聽外婆和霍大叔那滿足的、野性的、壓抑着的男人和女人的呻吟，不期然又想起了清源和他上下起伏的熱辣辣的背，還有他校服上那小小的血印。小瓦無地自容得想死，又把頭猛然蓋住，躬着身子，蜷曲成一小團，小小的肢體摩擦着另一些肢體，好像正在偷情的不是外婆，而是她自己。她顫抖着等待被人發現，又為這種無力和無辜感到生氣。好久以後，她終於累得睡去了，直睡到外婆做好了晚飯，把她喚醒。

小瓦看着她，一點胃口都沒有，只想吐。外婆雙頰

緋紅，小瓦應有的幸福彷彿都轉移到她身上了，自己卻承擔着那種強烈的羞恥。可是，外婆實在美啊，甚麼男人可以抗拒她呢？外公不能，霍大叔不能——也許當年的爸爸也不曾逃過這一劫⋯⋯看，那剛剛開始鬆散的髮髻，釋放了幾條烏黑閃亮的天然鬈髮，長長的半透明耳珠子中間是一個小得僅可看見的耳洞，窄長的下巴中間有一道隱隱約約的淺坑，寬闊而柔和的前額托起了挺直如刀的清晰眉毛⋯⋯整個人透露着一種倔強的出土白玉一樣的雅致。可是小瓦也痛恨這種美。她無法理解自己最愛的外婆為何正是搗碎每一個家庭的惡魔。可她怎麼都想不到外婆竟然先開口了。

「小瓦，你行經了，衣服我都給你洗好了。十四五歲，是大姑娘啦，以後不要跟霍家的男孩子走得太近才好。」

小瓦無法相信她竟然會這樣說，心裏的反叛情緒騰躍而起，她第一次清清楚楚地向外婆回嘴：「我只有十二歲。」

外婆給她夾來一隻雞翅膀，平靜溫柔地解釋：「人下地就三歲，再加虛齡一年，我已經把你説小了。你別跟你媽一樣，一大早就自作多情——你不去看看她現在

怎樣了？」

一提起媽媽，小瓦的心就卡察裂開，湧出的不光是憤怒，還有自憐和羞辱。她自衛地反擊：「按你的算法，那你不是已經幾十歲了嗎？你不是一樣自作多情嗎？」外婆一怔，舉起手來就要打下，可打到一半停住了。她聲音顫抖：「是呀，我幾十歲啦，是老婆子啦，那你的親生外婆呢？都七十了耶！」

小瓦退後一步，站直了說：「就是七十，可我外公還是疼她，外公跟她一起住，不跟你一起！有老婆的人誰會要我們哪，不過都跟你耍幾下，你才是自作多情啊！」小瓦說完，連自己都感到意外。外婆更是整個人愣住了，好一陣子過去，她突然兇狠地尖叫起來：「你就會這樣傷我，你就會這樣傷我！也不想想，你爸爸媽媽走了，是誰把你帶大了？……」

小瓦站在牆角，也想尖叫，卻用力讓自己沉默下來。過了一刻鐘，她慢慢走到外婆背後，擁着她的腰，兩人沒說話好久。她的腦海裏突然響起了去年她打破瓦碗的那一下清響。「落地花開，富貴榮華……」原來她手上的血並沒有真的乾過來，破碎了的不是霍大叔的身體，

而是霍媽媽的心。「是我不好 …… 是我外公不好 …… 外婆，你不要哭，我 …… 不跟霍家的男孩子玩就是了。」外婆轉過身來，一面用手指給她抹臉，一面嗚咽說：「你媽就是太早跟男人在一起了。她現在過的是怎樣的日子，你該知道的呀！囡囡，難道我不是為你好嗎？為甚麼你親生的姥姥不把你接去舅舅家住，要把你放到這小島來過日子？」小瓦看着她，搖搖頭。她不是不明白，只是感到悲傷，像一隻給人扔掉的小貓，在關得嚴嚴密密的大門外哀求主人開門。「我不理 ……」她說：「反正我不要住在舅舅家。表妹恨我，舅媽也恨我。姥姥知道我跟你好，也恨着我。我只希望爸爸媽媽不那麼恨我，那就夠了。」

外婆把她拉到自己的懷裏。「你知道你為甚麼叫小瓦嗎？」外婆說：「你外婆說，你爸就恨你不是男孩子，你出生後，你爸爸媽媽就開始吵架了。現在你媽已經有了兩個男孩子了。你懂嗎？小瓦，你好好用功吧，我就知道你能讀書。等你讀完了小學，我們就回到市區過日子，我打工、你上學，好不好？」

小瓦輕輕把她推開，小聲問：「你捨得嗎？」

外婆身子又是一震，定下神來。「甚麼捨得捨不得的？就怕你放不下霍清源！」

小瓦別過臉去，連她自己都覺得難堪了，外婆真不害羞，竟然說得這麼坦白。「我說的可不是霍清源。我跟他一點事都沒有。但你一定捨不得。外婆，你捨不得的！」

外婆全身抖動起來，連聲音都控制不住了。小瓦偷偷看着她，發覺她的臉一陣紅一陣青的，整個人跌在椅子上。「你都知道啦？」

小瓦低頭不語。良久，才平靜地說：「我都知道了。外婆，我今年小學畢業了，我們到外面去過日子吧。霍媽媽好可憐的。我不要蘭子跟我一樣，弄丟了爸爸。外婆，你為甚麼要這樣？……我們還是走吧。」

外婆不說話。好久過去了，才終於輕輕「嗯」了一聲。一桌子飯菜都涼了。

此事之後，霍大叔又開始出海去了，航行的時間一次比一次長。小瓦心裏明白發生了甚麼，暗暗為外婆叫好。每有霍大叔的場合，外婆都悄然離開。霍大叔人一貫地安靜，但弄得周圍都很吵，因為他開了收音機來聽

賽馬，每次都把音量調得極高，高得連霍媽媽說話他都聽不見。小瓦看着外婆轉身離去，必然也回頭看看霍大叔。每次他都毫無動靜，一個飯團那樣倒在沙發上，眼睛盯着木搭的閣樓那狹窄的入口。那是霍大叔和霍媽媽睡床所在。漸懂人事的小瓦瞧他的眼睛看過去，甚麼都看不出來，只見那圓圓的木欄杆給人手的脂油滋潤着，漸漸發出亮光，好像悠悠歲月已全然滲進了那紅棕色的紋理。小瓦彷彿聽到上面那木造的地板在吱阿支阿地響。在她的想像中，霍媽媽或外婆與他每一次的肌膚之親，都意味最狠心的傷害和最親密的護佑，也許還意味着一個孩子的成胎、長大和誕生，最後不知不覺地加入了成人的世界，重複着他們用愛和愛欲來編織的種種遺憾。霍清源就是這樣來到這世界、進入小瓦生命裏的，霍清河，霍清蘭，霍清流，霍青池 …… 全都一樣，他們使一雙互不相干的陌生男女變成了孩子的爹和孩子的媽，兩人忽然就有了不能否認的血緣關係。小瓦咀嚼着當中的意味，又想到外婆和霍大叔在廚房裏所做的事。她感到一陣陣背叛和被背叛的刺痛，從心口直插子宮，肚子又抽動起來。不過她還是弄不清楚到底是霍大叔背

叛了無怨無尤的霍媽媽，還是裝作毫不知情的霍媽媽背叛了霍大叔；是外婆背叛了真心相許的霍大叔，是霍清源背叛了他的家，還是她背叛了純潔地信任着自己的蘭子……

四　　路

數年光陰悠悠逝去。小瓦和蘭子，一個纖長，一個結實，天天踏着同一條山泥路上學下課，用小小的白布鞋踢開了許多黃色的沙土，山上的腳印漸漸延伸成路。一天，政府派人來，就在她們眼前開始鋪上水泥，從此，這些人走出來的小徑忽然都有了些模糊名字。

「太馬虎了吧？」蘭子説：「山邊的叫山邊徑，海邊的叫海邊路，山腳的叫菜園街……好歹該有些比較特別的名字。」蘭子念初中了，開始有了一點點女孩子的嫵媚，及肩直髮異常地光亮烏黑，眼珠子同樣烏亮，眼白卻清澈如雪。那雙黑白分明的眼睛好像越看越遠了。一次蘭子又提起那個翻譯故事。那是馮老師特別偏愛、講完又講的《傲慢與偏見》。蘭子説：「其實伊利沙伯對

達西的直覺是合理的——她沒有偏見，那個男人確實是個驕傲的傢伙。」小瓦看着她，感到頗為迷惘。「作者認為她有偏見，就是有啊，否則這書怎會用這樣的名字？」蘭子站定了，回頭看着小瓦：「也許作者只是個馬虎的人。」她折下一條長着倒鈎的長草，手指故意用手沿着鋒利的邊兒走，一面說：「傲慢與偏見，戰爭與和平，罪與罰 …… 老師全都說好，哈，這樣的名字，跟我們的路名有甚麼分別？山邊徑，海邊路，菜園街 ……」

小瓦漫不經心地唸着：「蘭子路，清源路，小瓦路 ……」說到這裏，忽然悲從中來。「從前我們以前五六個人一起上學下課，現在只剩下我倆了。」

蘭子細細哼了一聲：「那有甚麼可惜？大哥是個『悶死鬼』，他現在不讀書，前途是自己放棄的，談不攏；二哥本來好一點，可現在我看見他就想罵。他是不折不扣的重色輕友，你沒看見嗎？他連弟弟妹妹往哪裏去了都不知道。清流和清池兩個髒小鬼，同樣無心向學，只會搗蛋，哼，最好別讓我看見。…… 小瓦，我真的好想到市區上學，但我們離島學校的英語太差，將來一定考不上港大 …… 但我想好了，我能到臺灣去。聽說那邊

對僑生的要求不太高，只要有錢交學費就好。我媽為大哥和二哥存了些錢做學費，可大哥不會讀書了，這下可好啦，我有機會了。小瓦，你要不要一起去？你都上高中了，難道還沒想過升學的事嗎？」

路邊的馬櫻丹開得亮麗，一朵花由許多小花組合而成，小花裏有紅的，有黃的，也有粉紅色的，一大堆合在一起，像個小小的嘉年華會。小瓦向花伸手，蘭子截住她，生氣地說：

「有毒的，不要碰！要我說多少遍你才記得？」

天氣漸漸熱起來了，小瓦走在蘭子後面，腳步慢了下來。「我 …… 沒打算過。連你二哥也不走嗎？」小瓦悵然若失，正在想另一些事。

蘭子猛然回過頭來：「他？他才不肯走。他現在超過大哥先跟女孩子一起了。不走更好，如果他也不念大學，我就不用跟清流爭這筆錢了。不過，小瓦，你可別把這事告訴我爸。這只有我媽和我知道，我爸爸、大哥、二哥和兩個小鬼都不知道媽有錢。」

「為甚麼？」小瓦很驚奇。

「媽對我說，男人全信不過——她還鄭重地說，這

包括我爸和我幾個兄弟。」蘭子笑了。「所以，我是一定能上大學的。你也能的，來，我們一起走吧。難道我不是為你好嗎？小瓦，陪我去。」

「我不特別想讀大學……」小瓦低頭胡亂地說。「我外婆……沒有錢。姥姥死後，外公給我們的錢一點沒增加。」她的理由讓蘭子感到非常疑惑，她知道小瓦家裏的經濟一點不拮据。小瓦自己更不能相信這話。如果自己真的考得上大學，外公必定會出手支持。小瓦心裏流動着的是另一個人，另一件事，另一種沒有任何應許的等待。

……那天，她有意無意地走過清源當值的海灘，正好看見他從海水裏冒出來。她站住了。春末夏初，海灘上的遊人開始增多，笑鬧喧嘩的聲音把陽光裝點得非常鮮亮。一些城裏來的女孩子穿着不同款式的游泳衣，有紅的，有黃的，有橙色的，也有花的，腰下還有小裙子一樣的褶皺，非常好看，讓小瓦想起山路旁邊那熱鬧喧嘩的馬櫻丹。

小瓦走到沙灘上，就站在那裏，靜靜等清源回頭。果然，他回過頭來了，向着她展開一張廣闊的男人的臉。

小瓦這才注意到，十八歲的他已經長得很高大了，比海灘上所有人都高，身上盡是黝黑發亮的健康膚色。海水流過他每一塊柔和而修長的肌肉，水點在陽光下閃爍如鑽石。他連臉都沒抹，就用眼睛跟小瓦打了個無聲的招呼，然後慢慢走過來，站在她身邊。

「不要當值嗎？」小瓦問。

「剛換班。」清源一貫地寡言，說完就一股腦兒就在沙上坐了下來，眼睛看着水平線。小瓦在他後面一點點，也坐到沙上，兩人良久無話。

「你外婆好嗎？」清源忽然問，說時，輕輕往後躺了下來，跟小瓦更接近一點了。小瓦的身體強烈地感應着他的親近，但他說話的聲音卻好像有點難以理解的複雜。

「你不是天天看見她的嗎？她很好啊。」小瓦覺得奇怪，反過來問他。

清源不說話了，又坐起來，好像有滿腔心事，也好像單純得一點都沒有。小瓦長年累月地等待他，此刻，似乎已經無法再等下去了。他的身體沾滿了幼細的沙粒，那一片象牙白粉末，如同一件針織的貼身上衣把他剛剛

長成的男性曲線描畫出來了。那種美，是她一生都沒有見過的。她忍不住伸出兩根手指，細細在他的背上從上而下撫摸了一下。沙子沿路掉下。清源的身體輕微一震，但那種震盪是看不出來的，小瓦卻感覺到了。

突然，他往後伸出手來，準確地、決斷地一把拉住她的手腕，頭卻沒回轉過來。他的手原來已經變得很大、很厚，甚至有點長繭了。這突如其來的接觸使她進入一種難以名狀的激動。自從那一年他把她背回家，他再沒有碰過她了。現在，他把她握在自己的手裏，好像要確定甚麼。

就這樣過了幾分鐘，小瓦以為自己已經過了一輩子。巨大的肯定和滿足讓她整個人充盈而幸福。清源好像要讓她充分知道他的感覺。

然後，他扼着她的手腕，把它放到沙上，繼而開始用力往下壓，分明要把它壓進了沙裏、活埋她的手。沙子很粗，他的力氣也很大，她開始受不了。

「清源，請你放手，好痛啊……」

他不理她，繼續用力往沙裏按。又是一陣劇痛。她還來不及反應，就聽見他清晰地、細細地說：「放手嗎，

你們放手才對——」他慢慢回過頭來，毫無表情地、直直地看着她。「我媽啞忍了這許多年了，你們還是鬼魂一樣，黏在我們身邊。你別忘了，我爸是我們家的，不是你們的。」

小瓦驚呆了。忽然，他狠狠扔開她，好像扔掉一個全空的酒瓶，即使那酒曾讓他深深渴慕。那陣痛，從手腕急促轉移到胸口。小瓦甚麼都說不出來。她從沒想到他已經知道了一切，且把對外婆的恨放射到自己身上來。她清楚看見他眼睛裏滾動着淚水，可是男性的尊嚴把這蕩漾的感情緊緊收藏在家庭的門牆內。「你外婆跟我爸的事，別告訴我你完全不知道。」清源的聲音平靜地插進了她的耳蝸與頭顱，他還是一點表情都沒有。

小瓦聽了，只懂得搖頭。猶如在某個儀式裏，他們要共同確認一件事，兩個人都站了起來。沙灘上連綿不絕的夏日歡樂把他倆重重圍住，像要為兩個剛死去的少年人化上七色彩妝。此時，幾乎像新郎為新娘套上戒指那樣，清源再度輕輕拉起了她的手，放到面前細細察看，如同當年為她剔出碎瓦時一樣，他盯着上面那些使她疼痛的沙粒和印痕。好久以後，他補上了最後一段話：「你

的手……剛才你把這手放在我背上。老實告訴你，小瓦，我幾乎無法抵抗了……小瓦，你外婆就是這樣摸我爸爸的背的，是嗎？」說的時候，他的淚流終於流暢地滑下，跟未乾的海水混和在一起；他一臉都是水，只有小瓦清楚知道他在哭。然後，他放開她，撿起汗衫，頭也不回地往遠處走，走動中的身體的每一片肌理都在拒絕她。

五　　舉碗

外婆是得了乳癌死的，終年四十八。雖然外公年前給了她很多遺產，她卻寧願病死，也堅持保住那個衰敗的乳房，無論小瓦和霍媽媽怎樣苦苦相勸，她都不肯做手術。癌細胞很快就擴散了。

清源娶妻的那個晚上，風很大，小瓦的家蕩漾着一片詭白的燭光，即使關上了所有門窗，那兩點火還是搖曳不停，好像隨時要熄滅似的。那邊，霍大叔一家來了很多從未出現過的親朋戚友，聽說大部分是女家的人。他們在天井、前院和大廳內外擺了幾大桌，人人盡情叫鬧，整個家園人聲鼎沸，賓客扯盡喉嚨說恭賀的話。新

娘鄧滿枝是小瓦和清源小學時的同班同學，聽說也是水上人。小瓦記得她，卻從未見過清源跟她說話。可今天小瓦沒接到請帖，因為她正在戴孝。

外婆的墳地就在他們兩家人背後一個山頭上，小小的拱起的泥土上，有好些怎也揀不去的砂石，總叫小瓦想起外婆漸漸爛掉卻不肯放棄的乳房。到底是為了甚麼，她要保住這置她於死地的毒瘤？是誰的觸摸仍溫熱地停駐其上？想到這裏，小瓦的手腕又痛起來，好像有千萬尖銳的沙子在磨她，戳她，狠狠刺入她的皮膚。

這一夜，蘭子也沒回來。她在臺中聽到哥哥忽然結婚的消息，既驚訝又氣憤，她在信上說她氣得哭了。她堅持大哥從來只愛小瓦一個，因此絕不接受他人做她的嫂子。「源哥哥瘋了……」從她的筆跡看，她的反應比小瓦的更激烈。

那喊打喊殺呼喊新郎喝酒的歡愉喧嘩一直持續到深宵才逐漸消淡。差不多午夜了，一個小小的聲音在大門響起。小瓦穿上外婆留下的棉衣，披散着頭髮就去應門。她幾乎肯定：站在門外的就是霍清源。

可是，門打開來，面前是矮小的霍清池。他小心翼

翼地捧着一碗還在冒煙的餃子，說：「小瓦姐姐，餃子。我媽媽剛給你做的，她說你一定還沒吃東西。她還讓我告訴你：我源哥哥結婚了。我媽媽還說，她這是為了你好。」

小瓦接過餃子，捧在胸前，眼前一片濛濛煙水。她放下碗，把小清池擁到懷裏，緊緊抱住他說：「清池，謝謝你，謝謝你。你說的我都曉得，我一直都知道……」然後她把他放開，看着他再說了一遍：「請告訴你媽媽和你大哥哥，我一直都知道……」清池奔跑着回家去了，好像一息都捨不得離開家裏的歡樂。

關上門，小瓦固執地相信清源仍站在門外。她拿出一雙筷子，坐下來，直着身子，細心地打開餃子的皮，一點一點夾出大白菜來吃，吃了許久，許久，連那一點點的湯都喝光了，直吃到那邊再無喧鬧。她幾乎看見了：那紅棕色的、吸滿了人體油脂的紅木閣樓正在吱吱搖響，微醺的、裸體的清源正輕輕躺下，柔軟地降落在一個完全陌生的女體上……

風從門縫漏進來，掀走了蘭子的信。小瓦放下碗，一直追隨着那張薄薄的紙，來到了外婆的靈前。白燭的

柔光飄落信箋上。淺淺的藍墨水變成了大海的呼召：來吧，離開那個小島，外面的世界寬闊得很呢。小瓦淒然笑了。臺灣不也是一個島嗎？蘭子，啊蘭子……小瓦拿着信箋的手慢慢抖動起來，她把信揣進懷中，再次回到盛載餃子的碗旁邊。她伸出兩手，鄭重地捧起它，耳朵細細尋索那邊每一絲木頭搖動的聲音。淚水滑下來，但這一次，裏面一點贖罪的味道都沒有，因為欠下的她都付清了。她將碗舉起來，舉到到眉頭的高度，停住一陣，再狠狠往磚地上一摔——砰楞，碗碎成無數小小的瓦片，黑暗中滑向無人過問的角落。

註：

啞鈴島，是香港一個離島「長洲」的別稱，該島中部是一個沙洲，因海水的流向和沖擦，把兩個本來分開的小島連接起來，如今這個沙洲正是島上市集所在。我喜歡這個別名，因為「啞」的沉默配上「鈴」的清聲，本來就是個美麗的吊詭。

後　記

　　我從小喜歡聽故事。故事雖然好聽，但總有叫我不開心的地方。例如男女主角到最後竟然沒結婚，離了婚的父母竟然不能復合，我聽了（或讀了）都會很傷心。有時，做間諜的男人完成了任務，吹吹槍咀就走了，跟他出生入死的女孩卻仍要回家洗衣服做晚飯，我看着就氣憤。那時我還會胡亂想：為何作者或導演不把所有英雄美人集中到同一個故事裏來讓我高興高興？每次看完電影，回家睡覺，我躺在床上睡不着，就抱着大枕頭，在腦海裏把故事重頭又説了一遍，説到關鍵時刻，還要修改情節，讓場面更動人，讓主角們得到更好的待遇。結果，千奇百怪的故事在我腦海裏誕生和長大。那時候，我想像自己長大後會成為作家，專門改寫故事書。雖然

年紀小，我已暗暗感覺到創作帶來的巨大自由和樂趣。

　　不知怎的，後來我寫詩，也寫散文，卻很少寫小說。我已經出版了八本詩集和八本散文集，為了工作，劇本也寫過十幾個，且早已拍成電視劇了。但除了幾個少年故事，我從未出版過小說集；為甚麼呢？估計因為寫得越少，信心也越小。我是「不敢」出版小說。不過，話説回來，讀大學的時候，我修過好些小說課程，數量不比詩詞科目少。本科三年裏，我最喜歡的課是比較文學系的「俄國文學」。那時我們讀《卡拉馬佐夫兄弟》、《罪與罰》和《安娜‧卡列蓮娜》。《戰爭與和平》、《復活》等書，則是自己拿來看了的。除了杜思妥耶夫斯基和托爾斯泰這兩位大師，我還喜歡讀契訶夫的短篇。另一些科目也讓我認識到博爾赫斯和卡夫卡等影響深遠的小説家。那時我確實想過要寫小說，後來喜歡上張愛玲，更躍躍欲試，覺得自己至少可以寫幾個短篇。不過，華麗的夢想常被有限的實力牽制着；世界小説的發展驚心動魄，我陷入「眼高手低」的困境，信心更小了。

　　我少年時也愛讀英國小説。如果我們用「波瀾壯闊」來形容俄國小説，那麼英國小説大概是世上最精巧細緻

的人性漣漪了。念大學預科時，修「英國文學」科，當時公開試要考的「課本」包括勞倫斯的 Sons and Lovers（《兒子與情人》）、佛斯特的 A Passage to India（《印度之旅》，這個譯名有點不完全的感覺，似乎只翻出了表面的意思）和珍・奧斯汀的 Persuasion（此書的名字很難翻譯，有譯《游說》、《勸導》、《勸說》的，我都不大喜歡。我固執地叫它做《誤信良言》）。那時候，我們幾個同班女生都揚言自己不喜歡奧斯汀，生怕和她扯上關係。我還記得一位好友用「八八卦卦」和「濕濕碎」來形容她的作品。老實說，當時我也有這樣的感覺。但年歲漸長，不知是否我也變得八卦和瑣碎，我竟一次又一次重讀奧斯汀的作品，漸漸變成她的「粉絲」了；我不但讀完她全部六本小説，就連未寫完的殘卷也看得津津有味。其實我也知道珍・奧斯汀的小説結構不住重複，也曉得她撐起每個故事的公式。《傲慢與偏見》裏面有韋侃牧，《理智與感情》裏就有韋盧比，《誤信良言》裏玉樹臨風的歐里亞特先生就和《艾瑪》中的英俊小生丘吉爾也非常相似，在故事裏的作用也差不多。但我還是義無反顧地細啖珍・奧斯丁的每一個故事。英諺有云：「魔鬼端

在細節中」，這是充滿大智慧的警告：大口號再動人誘人，細節才是必須細看之處，否則遭害而不知。這話也間接提醒了我：身為讀者，切忌粗疏；讀小說若只關心梗概而忽略其場面言語和微細心態的描述，必定損失慘重。珍‧奧斯汀向讀者呈獻的，正是有趣生動、充滿人性的幽默細節。她的六個作品中，《傲慢與偏見》無疑最受歡迎，我卻最愛《艾瑪》。伊利沙伯是個有性格但伶牙俐齒（廣東話「牙尖嘴利」更貼切）的女子，除了最後因為感激達西而摒除個人偏見一節，她成長不多。艾瑪更真實。她驕傲、單純、有操控傾向，自以為聰明卻不諳世情，愛聽奉承的話且過分自信，是個有血有肉、超越時代的女性。難得作者幽默風趣也手下留情，讓艾瑪漸漸成長、成人，最後認識真正的自己。目睹整個過程的奈德利先生，先付出愛，再期待艾瑪變為成熟的女性，過程充滿不安、驚喜和冒險。「精妙端在細節中」，珍‧奧斯汀生活圈子淺窄，一生活在方圓幾十里的小範圍內，但她閱人甚深、筆力非凡，正是我最羨慕的小說家。

雖然沒有自信，這兩年來，我常常想寫小說。大概年紀漸長，童年時的夢想又回來了。這本小集子裏的十

一篇，只有〈橙〉和〈奉獻〉是舊作，其他都是這兩三年寫的。説起來要感謝葉輝當年讓我參加《成報》的千五字專欄行列，讓我以「藍色候鳥」的欄名每周一次在交稿壓力下持續創作。「藍色候鳥」這名字是我胡亂想出來的，但胡亂不等於沒意思。我名字裏的「青」字，可解作綠色、黑色或藍色。我最喜歡藍色。「燕」為候鳥，因此欄名叫做「藍色候鳥」。其實，我也希望讀者藉此明白，寫作是有時節的。有些時段我最愛寫詩，因為那段日子我無法條理分明地跟讀者談話，有時我會忘形地寫一大堆散文，好像全世界都對我有興趣似的，真該死。有時呢，即使在寫詩，我也會用上許多小説的手法，那是因為其實我好想寫小説。一些學生甚至師友問過我怎樣保持創作的「量」。我説，每逢心念枯乾，寫作停滯不前，我就知道自己該盡快「移情別戀」，寫不出詩，就改行寫散文；不想再寫散文，就嘗試小説。三者都不大想，就拿些英語作品來翻譯。當時葉輝本想我寫些散文，可我竟然糊裏糊塗地寫了好幾個短篇小説。有時寫完發現自己竟然用了三千字，只好請求編輯分兩次刊登。沒待到專欄完結，我已經習慣了小説創作，難

以自拔，後來又寫了好些長一點點的。

〈唐樓〉是為《小說風》寫的。發表時女主角的名字不是「如玉」。後來改為如玉，只是直覺適合。如玉是個快將四十的未嫁女子，因為家裏地方狹窄，無奈跟三十開外的弟弟睡同一張雙層床。但不論她對家庭的貢獻有多大（一直幫忙清還住所的按揭貸款），她都感到自己被人嫌惡。於是她一步一步地放下女子的尊嚴，一步一步走向另一個困局。為了照顧他人的眼光，她用連綿不絕的微小妥協建構了自己的一生。擠迫，是她生命的關鍵詞。她的辦公桌很小，娘家很小，睡床也很小。最後，她選擇了老和老套，舊與殘舊，企圖換取生活的空間。我本來只想寫個好笑的處境，後來竟然越寫越悲哀，連自己都難過起來了。不過，我最喜歡拉人下水；我實在盼望你也來陪我難過難過。

若說如玉的日子不好過，陳老師的處境更差。〈陳老師的星期六〉要講的不是生魚湯的做法，而是今日教育工作者心中的恐懼。星期六，當老師的理應放假，但是，陳老師和所有中小學老師一樣，無法安心。她打了好幾通電話，希望找到答案，卻不斷發現自己的同事都

在工作，心中的恐懼更深了。生魚到底是不是化骨龍？假期到底是不是陷阱？即使湯做好了，陳老師敢喝嗎？即使放假，陳老師敢待在家裏享受人生嗎？最可怕的是沒有人能夠肯定生魚是不是魚，也沒有人能夠證明假期是不是應該放假。最後陳老師放棄了，趕忙自掏腰包「打的」回校——雖然她還不知道回去做甚麼。她對生活的要求不高，只希望有一點點愛情、沒甚麼大災難就好。她對人生的盼望，就像她借回來的影碟故事一樣簡單——可是，她連打開來看的時間都沒有，她生命中似乎只剩下「我做得不夠好」的慌張，在扮演假期的工作日裏與她對峙。

〈橙〉是個愛情故事，說的是已經錯過了的愛。不諳男女之情的中學女生林小意後來結婚了，那段感情卻從她青春的底部浮到水面上來，干擾了她的婚姻。這是艱難的。夫妻倆走過了一段又一段痛苦的路，小意才漸漸醒來。嫉妒、猜疑、拒絕走向融和的丈夫，最後因為愛而接納了她。這個故事寫成超過十年，編成此書之前，我加上了買水果的情節，希望讀者喜歡故事的結局。

你若問我全書最愛哪個故事，我會說是〈飯局〉。

我在大學裏教學二十多年了，年年都聽同事們投訴學生的素質新不如舊，最後的結論是我們那一代比目下這一代優秀。這當然也是我的感覺。但請注意，這只是個錯覺——老實説，當年的大學生佔同齡青年的百分之四，智商平均一百二十幾（一百三十以上就是天才），人人畢業馬上成為專業人士；接着又在精英群中磨練了幾十年，到了今天，已經有了火候，突然捉住今日的一個普通的年輕人與自己比較，豈不是天下最大的「茅躉」？細心想想：拿我們做準則，是不公道的。即使找今日頭四個百分點的年輕人來應戰，他們還是在讓賽啊！起碼讓了三十年的人生經驗和學習機會。一旦這樣換算，我就覺得學生比七十年代的自己出色得多了。起碼我覺得他們的文學創作比我一年級時的作文好。再説，假如今天大學生的水平確實過低，請問這是誰的責任？如果以前的教育工作者能夠把當年那個糊塗女孩調教成今天的我，我現在因何不能為自己的學生做點事？二十多年來，我努力學習成為一個真正的教育工作者，我知道：我首先要學會的是公平對待下一代。不過，這個題材過分嚴肅，因此我決定用比較胡鬧的方式寫。故事裏好些人物

的外形，都是從港大的老同學那兒借來的。不錯，他們絕不是這種人，只是樣子可愛逗人，可做戲劇主角而已；所以，這只是「借」。

這幾年來，大學裏經常出現抄襲事件，而且都是證據確鑿的。其中一次，我按照〈失焦〉裏描述的程序向校方呈報了某個學生的抄襲行為，竟惹來幾個同學的不滿。其中一個，更寫電郵給我，說我站在權力核心就容不下他人。其他同學儘管沒說出口，其實也在怪我冤枉了當事人。其實，那個學生寫的詩叫做〈媽媽的袋〉，整首詩就是把西西的〈爸爸的背囊〉裏所有的「爸爸」改為「媽媽」，「我弟弟」改為「我」，「背囊」改為「斜背袋」，其他內容照抄；抄好了，就當作第二輪的創作功課交上。不知詳情的同學覺得她大概只是不明白何謂抄襲而出錯，因此說我這個老師也實在太無情。〈失焦〉這個故事，是那陣子寫的。我的「無情」形象持續了一年多，後來有人發覺涉事同學的第一輪作業同樣是抄來的，也開始感到憤憤不平了，才對我改觀。此事讓我覺得非常難過：為何同學們是非不分到這個地步了？〈失焦〉裏的阿朗和「我」，一點錯都沒有，別人抄襲，他

們卻因此忙碌、失戀、生病、被騙、受同輩排擠……即使到了精神病發的時候，圖書館的人撲出來拯救的竟然不是學生，而是書本；醫學院的人關注的也不是病人，而是病號處理成功機率和他系的行政失當。更甚的是抄襲的人逍遙法外，她懂得攀附執掌大權的系主任，不但避免了受罰，還能順利畢業，步步高升，最後更取得博士學位，意猶未盡之處，她竟然還趕走了系主任的髮妻，成為系主任夫人。寫這個故事的時候，我實在氣憤得不得了。我不怕學生頑皮，也不會嫌他們根柢不好，但痛恨立心不良的人。我女兒讀了這個故事，覺得主角阿朗的遭遇非常悲慘。我寫完了，自己還生了好幾天氣，說來也真好笑。

不過，要說好笑，最令人發噱應該是〈奉獻〉這個故事的誕生過程。幾年前的秋天，臺灣某基督教機構打電話給我，向我邀稿，囑咐我寫一個和聖誕節有關的溫馨勵志故事。於是我依照吩咐寫了這個短篇。怎料故事寄上，對方拒絕採用。於是我在香港的文學雜誌把它發表了。這個故事是否對信仰有害，請讀者來判斷吧。基督徒圈子裏非常推崇的英國軍牧 Oswald Chambers 寫過

這樣一段文字：「捶打，是鐵匠把鐵敲成有用器皿的過程。神的捶打，是在平凡的日子裏通過平凡的細節運作的 …… 如果我們一味靠着『有過異象』這記憶來過活，那麼，對於由瑣事串成的人生來説，我們實在一無是處。…… 只有走在谷底之時，我們才能證明自己是上帝所揀選的人，但那也是大多數人『掉頭』離開的地方 …… 」（Daily Thoughts for Disciples, USA: Oswald Chambers Publications Association, 1994）。故事中的牧師，正是走在谷底，在平凡日子裏被上帝錘煉的牧者，也是我非常尊敬的人，因為他已經超越了少年時代的「事奉英雄主義」。

至於〈李先生的退休生活〉裏「李先生」，實在頗為討厭。他的形象，非「一個人」給我的靈感就能夠成就，是我從東借來一點，從西討來一些，綜合了好些人的性格才組合而成的。李先生最大的恐懼是退休之後自己再無用處，因此搞出許多不必要的麻煩來。李先生怕自己不再受重視，因此要打扮、要生氣、要以許多市民的身分「烽煙」到電台發聲、要服務母校、要封自己為詩人、書法家和運動家。這裏要説的，就是這麼一個虛

榮而徒勞的故事。結果李先生被輕忽、被利用而不自知。在別人眼中，他非常渺小。惟一對他好的人是他的老妻，但是他不欣賞她，反拿她出氣。她的優點是既能盡責也能盡歡，且對他的臭脾氣完全麻木。他把母親丟在老人院，她就代他盡孝。她有他完全沒有的東西：稱職的身分，內心的平安。

〈毛衣〉改寫自很久以前寫的一個小說，改寫後篇幅增加了幾倍，所以我把它看作近作。故事中男女之所以分手，原因也是沒有平安。這個不能算是愛情故事，因為真正的愛情並沒有發生。「我」不過因為失戀，才讓「他」闖進自己的生命。「他」和李先生不同。李先生希望別人看他為重要人物，不斷爭取；「他」則非常習慣全世界都圍繞着他旋轉。「我」雖被追求，但追求者永遠以自己為中心，「我」於是被抓了去當「他」身邊一個微小而亮麗的衛星。但這位護航者的順服不來自愛，反而來自感情的休眠，來自「隨便，我沒所謂」的消極心情。「我」本來也想過不如就與「他」走下去，因為「我」曾經以為「他」願意脫下毛衣，讓「我」得到溫暖。但是，原來「他」早有自我保護的暖衣在內，

「他」脫下的，不過一層粗糙的關懷。「我」最後從虛假的愛情中覺醒，寧願因清醒而必須承受真正失戀的痛苦。這個故事，來自一次真實的個人經歷。我讀研究院時，真的有過這麼一個高大好看的「男朋友」。他確實是我中學同學的故人。不過，小說中許多小節都是虛構的，為了將複雜的情況簡化，我把人物和故事情節都寫得比較誇張。在整部小說集裏，這個故事最為 Private，估計也最不好看，請讀者原諒。

〈少俠私刑〉純粹是為宣洩情緒而寫的。地鐵裏，確實有許多完全不顧他人感受的乘客。我最怕看到恐怖的彩色腳趾（哪有人把爪子刻意打扮、強調一番的？夏天時，眼睛真的無處躲藏呀），也痛恨人用整個背部挨到鋼扶手，叫他人全無立手之地，搖搖晃晃的失去「把柄」。至於初中生阿本的形象，建基於某個和我非常熟落的少年人。

主題篇〈好心人〉寫的是一個不大敢越軌的人的越軌故事。蘇教授既然是社會學教授，應該很了解社會才對。不過，他的真社會很小，小得可憐，連被偷東西的經驗都不曾有過，因此，他微小的善心其實長養於更大

的好奇和反叛。葛亮老師的解讀非常深入，我覺得他真是我的知音。學者專家和現實之間，好像總有距離；人的形象和其動機之間，也總有一點分別。因此，被誤以為是「好心人」的蘇教授不免有點內疚。他最後的鞠躬，確實是對生命的屈服，也混雜了無法傳遞的感謝和歉疚。

最後一個故事〈啞鈴之歌〉是意外收穫。我本來寫了個叫做〈匿名〉的小說，打算收進書內，但由於一些原因，決定另寫一個來代替。沒想到，就這樣，我寫出了自己非常喜歡的作品。喜歡，不因為它有甚麼優勝之處，純粹因為故事觸及許多個人的經歷和感受。它描述的是六十年代香港女性的無助和卑微，同時也表現了她們的堅強、守望、相愛和情非得已的相爭。故事裏的小瓦，名字來自女子出生稱「弄瓦」的傳統。「弄瓦」的瓦，非言瓦片，指的本是古代紡織用的陶製紗錠。古時父母拿這種陶製紡縛給小女孩玩，希望她將來女紅了得。後凡生女兒，皆稱「弄瓦」。我卻喜歡「瓦」字帶來的易碎聯想和淳樸氣質。小瓦是被父母和祖父母遺棄的可憐女孩，原名曉雅。故事開始時，她剛離開童年，進入少年期。她和「外婆」住在長洲。「外婆」其實是被外公

強姦然後遺棄的女僕，只有三十多歲，小瓦和外婆在小島上相依為命。未幾，兩人分別與鄰居家庭裏的父親和兒子發展出充滿愛與情欲的複雜關係。但是，因為父親背叛家庭，兒子霍清源的心充滿了仇恨，無法和小瓦繼續發展，最後還胡亂結了婚；在多重巨大的傷痛裏，小瓦幾乎崩潰，清源母親卻讓曾經受恩的小兒子端來一碗熱餃子，這是女性之間超越男性視點的關愛，也是困圍於男性權力的女子之間一句貼心的「對不起」。「碗」這意象，在小瓦的成長裏出現了兩次。一次說她在農曆大年初一不小心打破了碗，象徵了這個家庭的粉碎，也形成了她心底裏綿長的歉疚。外婆畢竟是個千嬌百媚的盛年女子，需要男歡女愛，於是她出賣了閨中好友，和對方的丈夫相好。因此，即使到小瓦長大，這種愧疚一直纏繞着她。身為受害家庭的長子，霍清源犧牲了自己和另一個女子的幸福，故意組織家庭，以熄滅自己對小瓦的愛，他伸出本來用以愛撫的手，殘忍地攻擊着小瓦，切切地傷害她。此時她狠心地打碎了另一個碗。那到底是對霍清源的決絕，是對舉案齊眉這種誇張的期盼的諷刺，還是決心要破壞這個新家庭的幸福、奪回清源，則

請讀者自行判斷了。那個時代，女性一直是男性情欲的對象，情欲滿足以後，她們成了須要處理的「問題」。外婆到死時不肯切掉她給情人撫摸過的乳房，墳墓也諷刺地給模塑成乳房的模樣，正是這悲劇的頑強之處。我只能說，寫的時候，我自己也熱淚盈眶。六十年代中期，我正好十二歲，也正好跟着我祖父放在一旁的小妾住在長洲。故事情節雖然全是假的，場景卻是真的，當中雖然沒有我的個人家史，卻有強烈的個人感情。為了舒緩這種不安，我最後還設計了另一個女孩蘭子。她是個異數，代表着許多女性的潛意識。她勇敢地逃離傳統預設的命運（嫁人），毅然離開了小島，渡過大海，走向世界，到臺灣（雖然那只不過一個比較大的島）讀大學去了。她之能夠成行，是因為母親在經濟上的「自私」和對丈夫的背叛（隱瞞經濟狀況）。但是，清源和小瓦純潔的愛和他們的生命，幾乎都在感情張力的折磨中爛掉了。

長洲又叫做啞鈴島，這我小時候就知道了，非常喜歡這個名字。長洲的南部和北部本來是兩個島，這啞鈴中間幼薄的聯繫，就是長洲最美麗的東灣所在之地。清

源和小瓦感情和仇恨的高潮，就落在東灣粗糙的沙粒上。男女之間的感情也許並不比一個沙洲強。走在上面，沒有安全感。説來可怕，長洲的整個市區，就建在沙上。

這兩天我一直在校對這個小説集，我發現自己説故事時實在不善於布局，對情節的重視遠遠不如對小節的喜愛。小節太多，通常會帶來拖拉瑣碎的感覺，叫人讀不下去。老實説，何謂太多，何謂太少，我還沒能好好掌握。我欣賞葛亮的小説，因為覺得他作品的情節和小節分布得宜，讀來一點不沉悶，但也不粗糙。因為喜歡他的小説，所以請了他為我寫序。他非常爽快，馬上就答應了。我在這裏要再説一次謝謝。從序言的內容看得出來，葛亮用心看我的小説，這個更讓我感動。

還有一些人我要好好感謝。他們就是我這幾年來的學生。因為我教的全是文學創作課，因此常常讀到學生的作品。這些天天新鮮的作品中有新詩，有散文也有短篇小説。因為每一個作業都須要細看，同學們的作品不停激發着我的創作意欲。各位 LANG 2130 和 LANG 2240 的同學：謝謝你們。

我還要感謝這本書的總編輯羅國洪。沒有國洪，我

真不知該找哪個出版社給我這個小說初哥出版。感謝你，國洪。

最後，我要感謝我的讀者。這絕不是例行公事。你看，我絮絮叨叨地寫了這個六千多字的後記，就是希望和你好好溝通。我怕我的故事沒讓你讀出個頭緒來（那大概都是我的錯），只好在這裏作一點補充。據我所知，有些讀者非常痛恨這種補充，也有十分喜歡的。如果你剛好是第一種，我向你道歉，請原諒我這種沒有自信心的多餘行為。最後，我希望這十一個小說裏，有一兩個你會喜歡。

燕青

二零一零年一月於西九龍美孚新邨

胡燕青

畢業於香港大學,現任香港浸會大學語文中心副教授;曾獲兩項「基督教湯清文藝獎」(優勝獎、卓越成就獎),兩項「中文學學創作獎」(新詩組冠軍、散文組冠軍),三項「中文文學雙年獎」(新詩組首獎、新詩組推薦獎、少兒文學首獎)。得藝術發展局於 2003 年頒發首屆「藝術成就獎」(文學藝術)。著作以新詩、散文、少兒文學爲主,偶亦從事翻譯工作。作品包括詩集《我把禱告留在窗臺上》、《地車裏》、《摺頁》、《夕航》,散文集《彩店》、《小板凳》、《更暖的地方》,少兒文學《一米四八》、《頭號人物》、《啟啟語文系列》、《心靈成長系列》,翻譯《靈性的陶造》等共數十種。

責任編輯：羅國洪
裝幀設計：何儁

書　　名：好心人

作　　者：胡燕青

出　　版：匯智出版有限公司

　　　　　　香港九龍尖沙咀赫德道2A首邦行8樓803室

　　　　　　電話：2390 0605　　傳真：2142 3161

　　　　　　網址：http://www.ip.com.hk

發　　行：聯合新零售（香港）有限公司

　　　　　　香港新界荃灣德士古道220-248號荃灣工業中心16樓

　　　　　　電話：2150 2100　　傳真：2407 3062

印　　刷：陽光（彩美）印刷有限公司

版　　次：2024年5月初版（新版）

國際書號：ISBN 978-988-70506-3-6